318号室の扉

戸嶋次介 TOSHIMA JIKAI

幻冬舎MC

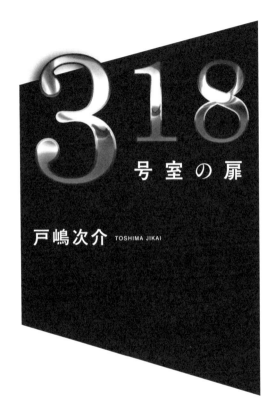

318号室の扉

もくじ

母と暮らした最後の365日

僕と先生の受験戦争

僕が小学6年生になった時、母は倒れた。

この時母は、我が子の将来が急に不安になったのだろう、留学でアメリカへ渡る直前の兄に、「あなたは自分の希望の大学に行けることになったから一安心。でも全く勉強しないあなたの弟はどうなるのか、とても心配」と、呟いたそうだ。

「こうなるとわかっていたら、エスカレーター式に進学できる、大学の付属の学校に入れさせてあげたかった」とも。この時既に母は、自分の命の行く末をわかっていたのかもしれない。

渡米のため間もなく母の元を去る7歳年上の兄は、僕を呼び、母の気持ちを伝えた。重ねて僕に聞いた。「塾に通って中学受験に挑戦してはどうか」「間に合うかどうかわからない。でもお前がチャレンジするなら、親父は不在だが、俺が代わりに連れて入塾させる」

僕といえば、学校から帰れば靴を脱ぐことなく、ランドセルを玄関に放り投げたまま遊びに行ってしまう、勉強とは無縁の子供だった。ましてや〝中学受験〟なんて1ミリも考えたことがない。しかしながら、子供心にも、母の容態は普通じゃないことは理解はできたし、また遺言めいた母の思いを考えると、何とかしなければという気持ちにもなり、「行きたい」と返答した。

兄に連れられ、子供二人だけの進学塾訪問は、だいぶ〝訝られ〟はしたけれど、何とか無事に手続きを終えて塾通いが始まった。

ところが……。受験準備のスタートがなにぶん遅かったせいだろうか、定期テストの成績は毎回ほぼ最下位。確かに入塾時には担当者から、「この時期から受験準備を始める子はまずいない」「高望みはしないように」という、あきらめに近いようなニュアンスの発言、アドバイスはされていた。

この時ふと、小学校の担任の遠藤先生に相談することを思いつく。ただ、私は優等生とは真逆の、どちらかと言えばむしろ問題児。悪さをしては厳しい遠藤先生に怒られること度々。げんこつを食らったり、さらにはいたずらが行き過ぎて、反省文を書かされたこともある。厳しい先生の怒った顔が脳裏に浮かぶ。先生から気に入られるような生徒ではないと自覚していたし、何より近寄りがたく、気軽に相談する雰囲気の先生ではなかった。そんな状況ではあったが、とはいえ、週末毎の定期テストの結果に打ちのめされ、絶望的な思いが続くと、さすがにこのままではまずいと思い直し、藁をも掴む思いで、思い切って遠藤先生に事情を伝え相談した。

因みにこれまでを振り返ってみると、僕のクラスを担当してくれた担任の先生のキャラクターは、見事に三者三様だった。1、2年生の時の先生はまさに僕の天敵だった。悪さをする僕は怒られ役として集中砲火を浴び、常に敵対していた。珍しく雪が降った日には、みんなで雪合戦をすることになった時、僕だけは教室に残され課題をやらされた。〝怒られている〟のではなく、〝意地悪〟をされているような気がして口答えしたり、言われたことをやらなかったり、徹底抗戦した。その戦いの最終章は、2年生の3学期。いよいよクラス替えを控え、文集を作ることになった時のことだ。クラス全員に与えられたテーマは「あのね、先生」。先生との思い出を書くようにとの指示だったが、僕はこれをチャンスと捉え、「なぜ同じことをしても僕だけ怒られるのか」「なぜ誰かがやった悪さを根拠もなく、お前がやっただろうと決めつけるのか……」つまり、逆えこひいきの実態を暴露したのだ。しかし先生からは何の注文も付けられなかった。そのまま事は進み、いよいよ文集は完成し、生徒たちに配られた。目を通すと、そこには僕が書いた作文は削除されていた。

3年生になって担当してくれた先生は女性だった。着任早々、帰り際に彼女に呼び止められ話しかけられた。「私はね、あなたの良いところ、たくさん知っているのよ。だから、会うことを楽しみにしていた」と。きっと彼女は僕の噂を聞いて、作戦を考えてきたのだろう。例えば国語の授業で、僕が当てられて答えると、「とても良い視点。この考えは木の幹のようなものね。木の幹がしっかりしていると、その後枝葉が育つ。ありがとう」、などと折に触れてほめてくれた。するとと単純な僕はあっさり大人しくなった。そして5年生からが遠藤先生だ。正直厳しい遠藤先生を見るとつい1、2年生の時の担任の先生を思い出してしまう。少しずつ悪い振る舞いがまた出始めて、先生に怒られ始めていた頃のことだった。

話は戻る。

遠藤先生は僕の話を聞くと、開口一番、「いや大丈夫だ、まだ可能性は充分にある。作戦は先生が考えてあとで伝えよう。本気で頑張るなら、絶対受からせてやる。一緒に頑張ろう」と、想定外の答えが返ってきた。力強く伴走者の役を引き受けてくれたのだ。そして間もなく、放課後に一人残されると作戦会議を開始。母の希望する学校は、ミッション系の大学付属の中学校だが、事前に遠藤先生はターゲットの学校の、過去問の傾向を調べてきてくれていた。「幸運なことに、基礎学力を試す問題が毎年必ず大きなウェイトを占めている。これは努力で解決できる。量をこなす時間との勝負だ」

そこで遠藤先生が考えたのは、学校に登校する前に早起きして、基礎問題を毎日集中的にやる。具体的には国語は漢字の読み書き、算数は計算力問題をひたすらこなす。試験の合否は1点の差に泣き笑いする状況だろうから、この基礎問題を取りこぼすことなく点数を稼ぐ、という作戦だ。

一方で、僕は母から依頼を受けた母の友人宅に居候を開始。遠藤先生から受けた作戦を実行すべく朝5時に起き、遠藤先生おすすめの勉強をやってから学校に行く。ありがたいことに、母の友人も応援してくれ、5時起きに合わせて朝食を用意してくれた。僕の母が作ってくれた朝食は、パンと牛乳だったが、ご飯とみそ汁に変わった。母の友人が作ってくれた和食の朝食も母に劣らず美味しかった。まだ外は暗闇の中で、熱々のみそ汁をすすると、瞼がふさがりそうなほどの眠気が覚めて、だるい気持ちが取り払われ、不思議とやる気が湧いてくる。この時からみそ汁は大好物になり、それは大人になった今でも変わらない。

それからもう一つ、僕が早起きを頑張れた理由がある。母の友人には娘さんがいて、確か当時小学校3年生だったと思う。僕が起きると気配で目が覚めるのか、僕だけ先に頂く朝ご飯の時間を一緒に過ごしてくれた。いたずらなのか、お手伝いなのかわからなかったけど、お箸を僕のみそ汁のお椀に入れてグルグルまわしたり、テーブルの上に両肘ついてじっと僕が食べる姿を眺めたり。寝ぼけまなこで起きている姿が可愛かった。

こうして、朝起きて基礎問題を解き、学校でもこの時ばかりはちゃんと勉強し、そして下校してからは塾、帰宅してから塾の復習、という生活のサイクルが始まった。やることが決まり、それを実行していくと焦りは消えていった。でもその落ち着きも残念ながら長くは続かない。週末毎に実施される定期テストの成績がさえないのだ。さえないどころか、成績の順位は下から数えてすぐのところに僕の名前があり、定位置かのごとく暫く同じ状況が続く。

ここはやはり頼るは遠藤先生しかいない。先生をがっかりさせるのではないかと思うと、言いづらかったが仕方がない。ところが状況を聞いた先生は、「大丈夫」と、動じる気配がなかった。「まだやったことがない問題が出て、それができないのは当たり前。そのうち、「おや、この問題は知っているぞ、或いは似ている問題やったことがあるぞという時が来る。その時できれば問題ない」と。

それから数週間、1か月、2か月と経ち、程なく確かに定期テストの成績も上向き始め、受験が近くなるにつれ定期テストの成績は上位に名を連ねるようになっていった。

ある日、遠藤先生に呼ばれた。「受験校をもう1校増やさないか」という、想定外の提案だった。しかもその候補に挙げてくれた学校は、僕が受けようとしている学校よりなんと偏差値が高い。「今の実力なら、もっと上を目指せるぞ!」

でも僕の受験は「母の望んだ学校に行く」が、唯一のミッションだ。「より高いレベルの学校を目指す」ことは、目標ではなかった。提案はありがたかったが、受かっても行かないことがわかっているなら受けない、と返事をすると遠藤先生はあっさり引いた。きっとこういう返答をすることは、恐らく遠藤先生はわかっていたのだと思う。もともと普段あまり勉強をする習慣がなく、受験準備開始も遅く、初期の成績が散々だった僕に自信を持たせようと思ったのだろう。

当初絶望的と思われた中学受験だったが、ついに母が望んでいた学校に合格することができた。合格発表当日、自分の受験番号を確認すると、母が入院している田園調布中央病院へ急いだ。するとなんだか病院が騒がしい。1階で私を見つけた看護婦さんたちが騒いで走ってどこかへ行く。すると母の担当医が院長まで一緒に連れてきて、聞かれた。「合格したか?」

僕はとても驚いた。我ながら合格は厳しいと思われた受験。遠藤先生は勇気づけてくれたが、極めて難しい挑戦に思えたので、病院関係者には「受験のことは絶対言わないで」、と母にくぎを刺していたはずだった。ところが心細い母は一人その不安に耐えられず、ついしゃべってしまっていたのだ。母の部屋に入ると、間もなく、次から次へと看護婦さんが、「おめでとう！」と言いに来てくれた。要は病院中に知れ渡っていたのだ。翌日の病室には先生や看護婦さんたちから貰ったプレゼントが並んだ。

明日もわからぬ命と言われながら執念で生き、合格を知った母は安心したのか、糸が切れたようにその後一気に容態が悪くなり、国立病院へ転院し、その後間もなく亡くなった。寒さが緩み始め、桜が咲き始めた頃だった。

遠藤先生のお陰で、僕は「生涯最初で最後の母への親孝行」をすることができた。遠藤先生は、「受験を助けてくれた先生」に留まらない大切な恩人。そして僕の人生にとって、とても大事な意味を持つ中学受験を共に戦ってくれた生涯忘れえぬ戦友という存在となったのだ。

もう30年以上の前のことですが、この受験で入学できた中学の同級生と25歳の時、結婚しました。この時の披露宴には、もちろん、受験勉強を熱血指導してくれた遠藤先生を真っ先にお呼びしたのは言うまでもありません。招待客は、勤め先や大学関係や夫婦の友人たちなどで、小学校関係者は遠藤先生だけでしたが、あの教室での厳しい表情を見せることなく、終始優しい表情の好々爺となり、合い間、合い間に駆け寄ると、ご機嫌で満面の笑顔を見せてくれました。少しは恩返しができたのかなと、これまたうれしい思い出でした。遠藤先生との出会いは、自身の行動が、時には相手の人生を変えるほどの影響があることを教えてくれた、大きな出来事でした。

僕と佐渡のおばちゃんの文通

小学校6年生最後の3学期は、一度も学校に行くことなく卒業した。

母の友人宅に居候して迎えた中学受験を終えると、次は母との病院生活が待っていた。

僕の母は、僕が物心ついた頃から常に体の具合が悪く、近所のお医者さんに長年診てもらっていたが、僕が小学校6年生に上がった頃には、いよいよ起き上がれなくなり、大きな病院へ診察に行った結果は、余命数か月の末期がんだった。即入院が必要となり、やがて症状の重いがん患者を受け入れる国立病院へ転院した。

四人家族ではあったが、父は諸事情で外国にいて帰国もままならず、兄もアメリカ留学に行ったばかりで、母からは「心配ないから当分帰国してはならぬ」の手紙を受けとっていた。一人僕は、母が亡くなるまでの短い期間を一緒に過ごすため、病院に頼み込んで母のベッドの隣に簡易ベッドを置かせてもらい、日を過ごした。少しでも長く母のそばにいたかった。この頃になるといつ逝くかもわからないので、外出もままならず、3度の食事も病院の食堂で済ませ、24時間を病院で過ごした。

そんな時、母の身のまわりのお世話をしてくれる付添人としてやってきたのが、〝佐渡のおばちゃん〟だ。文字通り彼女は佐渡の出身で、〝佐渡〟は当時子供だった私にはまるで外国のような遠い場所のイメージがあり、この遠い佐渡から来た付添人を、〝佐渡のおばちゃん〟と呼ぶことにした。

入院後の母は、意識がなくなる時間が次第に増えていったが、本人よりだいぶ年上のこの佐渡のおばちゃんをとても気に入り、「本当に良い人に来てもらえた」と喜んだ。一方の佐渡のおばちゃんも、「歳は私よりずいぶんとお若いけど、とてもしっかりした考えをお持ちで、素敵なお母さまね」と僕に語り、お互いの相性も良く、すぐに仲良くなった。母は素直な人だったので〝ありがとう〟の気持ちをストレートに伝えたことが良かったのだと思う。自分から先に思いを伝えることが、その後の良好な人間関係を育むことになることを、この時母から学んだ。そして大好きな母のことを好いてくれるなら、と僕もこの佐渡のおばちゃんが好きになり、程なく僕ともお友達になった。

お友達。

そう、なぜなら僕の話し相手はこの佐渡のおばちゃんしかいない。看護婦さんは、すれ違うと頭を撫でてくれたり、休み明けの出勤時にはお菓子をくれたり、何かと可愛がってくれたが、なにぶん忙しい。


佐渡のおばちゃんの実家は農家で、お子さん夫婦が継いでお米を作っている。東京で働いているが、歳と共に体調が次第に悪くなり、実家に帰ることにした。母の付き添いの仕事が、東京での最後の仕事である。僕は一日の殆どを、この佐渡のおばちゃんとのおしゃべりで過ごし、非日常ながらも穏やかな日々が過ぎてゆく。二人のおしゃべりの中でも佐渡のおばちゃんのお気に入りは、僕の〝中学受験〟のエピソードだ。

母が倒れた時、エスカレーター式に進学できる大学の付属の学校に入れさせてあげたかったと、遺言めいた思いを吐露され慌てたこと。

高校生の兄が、海外にいて不在だった父に代わり僕の入塾の手続きに子供二人で行って、職員に訝しがられたこと。

塾には見放されそうになったけど、小学校の担任の先生が助けてくれたこと。加えて怖いと思っていた先生が予想外に優しかったこと。担任の先生は勉強だけでなく、受験のための生活指導までしてくれたこと。

母の友人宅に下宿して朝5時起きで頑張ったこと。

転院前の病院で、受験の秘密が病院中にばれてしまい焦ったこと。そして病院の関係者みんながお祝いしてくれたこと。

この1年近い長いストーリーを、佐渡のおばちゃんは何度も何度も聞いてくれた。中でも中学受験に関わる僕の一人暮らしを、影ながら助けてくれた人たちのエピソードがお気に入りだった。3食のご飯を作ってくれた母の友人。千羽鶴を折って励ましてくれた同級生たち。受験の合格を知り、ささやかなお祝いをしてくれた、転院前の最初の病院の院長先生と主治医と看護婦さんたち……。一通り聞くと必ず「このご恩は宝物ね」と。

中でも担任の先生との出会いは「一生、感謝の気持ちを忘れちゃダメよ！」と喜び、「下宿先にいた、年下の女の子は可愛いかったかい？」「塾の子供たちとは、仲良くできましたか？」などと、たわいもない質問を織り交ぜながら、時折涙を浮かべ、最後は「よく頑張ったね」と必ずほめてくれた。

佐渡のおばちゃんの、付き添いの仕事の期間は、母の残された命の時間となるであろう「ひと月」と、お互いに話し合っていたが、思いのほか母は長生きしてくれ、約束の期間がだいぶ過ぎたある日、「予定は過ぎてはいるけれど、お母さんのことが大好きだし、僕のことも気になるので頑張ってきた。でも私の体調もそろそろ限界。子供たちからも早く帰ってきてほしいと催促も止まなくなっている。そろそろ田舎に帰ろうと思う」と、申し入れがあった。正直「まだずっといてほしい」と、お願いしたかったけど、しんどそうな姿が気の毒だったのに加え、当時殆ど母の意識も終日なくなっていたこともあり、これまでの感謝の気持ちを伝えると、やがて佐渡に帰っていった。

それから数日。

教えてもらっていた住所へ手紙を書き、母が亡くなったことを知らせた。

話はまた少しだけ遡る。佐渡のおばちゃんの里帰りと前後して、ようやく父が帰国。長い期間、毎日の3度の食事を、病院食で賄っていたためか、やせ細った僕の体を見て驚いたようだった。翌日、「たまには美味しいものでも食べて、ちゃんと栄養を摂ろう」と、ステーキハウスに連れていってもらうことになった。ところが出先で父は急に、「のんびりしようとしてもどうも落ち着かない。やっぱり食事は軽く済ませて、早めに病院に戻ろう」と、軽食に変更したランチを済ませると、予定を早めに切り上げて病院へとんぼ返りした。病院に戻って母と対面すると間もなく、母の容態は急変し、二人に看取られてそのまま亡くなった。僕はあまりスピリチュアルなことは信じないほうだが、この時父は、まさに母からの「虫の知らせ」を受け取ったのだろう。息子の中学受験合格を聞いて喜び、父の顔も見て安堵して天国へ向かったのだと思う。

佐渡のおばちゃんからはすぐに返事が来た。

とても残念であること。お父さんの帰国が、臨終に間に合ったと知り安堵したこと。お兄さんは遺言に従って帰国適わずとなってしまい、悲しいけれど、その代わり生涯にわたって頑張れるエネルギーを授かったのではないかと感じたこと。一日お祈りしたこと。あなたもこれから頑張ってほしいこと、をしたためた、丁寧で長い心のこもった手紙だった。最後には、中学受験合格を頑張って最高の親孝行ができましたね、といつもの一言が添えてあった。

母が亡くなって間もなく、卒業式に出るために数か月ぶりに小学校へ登校した。

学校を休み、母の看病生活を始めて、既に小学校最後の3学期は終了していた。式が終わり、懐かしい友達とも再会を終え、帰宅しようと学校の門をくぐる時、門の横に満開に咲く、美しい桜の木をふと眺めると、母と佐渡のおばちゃんが揃って卒業を祝福してくれたような気がした。風に舞う桜の花びらを眺めれば、長い間忘れていた久し振りの明るい気持ちが吹っ切れたように湧き起こり、母が亡くなってから初めて笑顔になれたことを思い出す。

それ以降毎年、佐渡のおばちゃんから近況を知らせる手紙と、佐渡のおばちゃんの家で収穫されたお米が届くようになった。この手紙を読むことがとても楽しみで、読むたびに〝共に戦った戦友〟と心を通わせているような気持ちがして、喜んで返事を書いた。毎年お米が届く季節を、今か今かと待ちわびた。手紙のやり取りは私にとっては、母を通じて育んだ友情を互いに確認し合うとても大事なひと時だった。

珍しく、いつもの季節にお米も手紙も届かない年があった。嫌な予感はしたが案の定、暫くするとご家族の方から、〝母が亡くなった〟との知らせが届く。知らせを聞いて大泣きしたが、ふとなぜか懐かしい気持ちが蘇る。

「あぁ、母が亡くなった、あの時と同じだ」

短い期間ではあったが、病院で過ごした佐渡のおばちゃんとの濃密な時間は、僕にとって佐渡のおばちゃんが、家族のような存在となっていたことに気づく。血は繋がっていないが〝大切な家族〟同様のかけがえのない存在。


今、僕は子供二人を授かり四人家族だ。子育ては特にうるさいことは言わず、家訓的なものもなし。ただ、周りに感謝する気持ちだけは大切にするように接してきた。長男は3年前に就職。長女もまた今年社会人となった。そう遠くないであろう将来、彼らもまた家族を持てば同じようにこの点だけは継承してくれればと願っている。どうなるかわからない将来のことではあるが、そうなるであろうと想像すると、母や佐渡のおばちゃんが喜ぶ笑顔が思い浮かび、幸せな気持ちになれるから不思議だ。

毎年お米の収穫時期になると思い出す、「佐渡のおばちゃん」との思い出。思い出せば切なさと、癒やされる気持ちが入り混じった複雑な気持ちとなる。その後にやがてこみあげてくる「出会い」に感謝の気持ち。

僕と「佐渡のおばちゃん」との心の絆は、家族同様、永遠だ。

佐渡のおばちゃんと暮らした病室暮らしはわずか数か月です。しかしながら、時を越えて今なお、私の心の支えとなっている佐渡のおばちゃんとの出会いは、さながら大事な家族が一人増えたようなものです。今でも家族の墓参りなどの行事のたびに、佐渡のおばちゃんのことを思い出し、必ず手を合わせています。

３１８号室の扉

ホテルアジア会館318号室

港区赤坂8丁目にあるこの宿舎が、国立病院での病室生活を終えた、僕の次の住まいだ。

時は小学校6年生の卒業間際。母ががんで亡くなり、父は仕事で海外生活、おまけに7つ離れた兄はアメリカの大学に留学中。まだ一人で生活できない僕に、父は一旦帰国すると、ここアジア会館を見つけ、「仕送りするから頑張れ」と、言い残して、再び海外へ戻ってしまった。

アジア会館は、政府の意向を受け、海外の研修生を受け入れる宿舎として設立された外務省の関係施設だったため、当時はホテルと名はつくが、質素な宿泊施設である。中でも318号室の部屋はベッドと机を除けば余分なスペースは殆どない。トイレ・シャワーは部屋にはなく、フロア毎の共同利用。電話は各フロアの廊下に受話器が1台置かれ、外からかかってくると、部屋番号と名前を館内放送で呼び出され、受話器を取って交換手に繋いでもらう仕組みだ。電話は、最初の頃こそ小学校の同級生がかけてくれたり、中学校に上がると、土日や、風邪などで学校を休んだ時など、クラスメイトが面白がってかけてきたが、なにぶん手間が面倒、そのうちかかってくることもなくなり、早々に学校の友人たちとの連絡は途絶えてしまった。

毎日の生活の寂しさを、少しでも紛らわそうと最初に試みたのは、部屋の扉を半開きにしておくことだった。扉が開いていれば通りがかる人の大抵は中を覗き見る。全くの見ず知らずの人であっても、目が合えば会釈をしてくれた。たったこれだけでも少しは寂しさを紛らわせることができたのだ。

ところがこの「半開きの扉」が、やがて「会釈」を超え、次々と好奇心旺盛な大人たちを318号室に招き入れることになる。

クラブデビュー

最初に318号室の扉を開けたのは、遊び人風の若い大人だった。

「ボク、一人で住んでるの？」

話は早々にそれるが、最初に318号室を訪ねてきた彼は、会館の中で僕に会うたびに大きな声で「ボク」と呼び、それを頻繁に聞いた従業員からも「ボク」と呼ばれるようになり、やがて以降訪れる大人たちからも「ボク」と呼ばれた。彼が〝僕〟のあだ名を〝ボク〟と名付けた名付け親である。

さて話は戻る。

アジア会館のある赤坂8丁目のこの場所は、外苑東通りの1本裏で、六本木まで徒歩圏内、外国人研修生向けといえども、場所柄か、怪しげな大人も少なからずいた。この遊び人風の若い大人も、見た目は怪しさ満載ではあったが、声をかけられた僕は、釣り糸のえさにかかるように「一人暮らしです」と、すかさず返事をする。

「すごいな！　ちょっと話せるか？」と、言われるままに部屋に招き入れ、僕は机の椅子に座り、彼はベッドに腰かけるとおしゃべりが始まった。おしゃべりと言いながら、殆ど僕がしゃべった。なぜ一人暮らしを始めたのか、その理由をとうとうとしゃべった。しゃべっているうちに寂しさが紛れていき心地良かった。危機意識は全くなかった。

あらかた話し終えると、こちらの気持ちを見透かすように、「よかったら近くに夕飯行かないか。話、もっと聞きたいから御馳走するよ。ここから歩いてすぐのところに安い中華料理屋がある」と誘われると、こんな展開を望んでいたとばかりに後について出掛けた。店は確かにすぐ近く、餃子で有名な〝珉珉〟という店だった。このお店では、餃子には、醤油とラー油ではなく、酢に胡椒をかけて頂く。この若い男も「あまりかけすぎるなよ」と、人に注意しておきながら自分は酢が見えなくなるほど大量の胡椒をかけていた。なぜかそれが大人っぽく見えてカッコよかった。周りはお酒を飲んでいる大人ばかりだったが、彼は飲まない。「おじさんは飲まないの?」と聞くと「まず、俺のことはジンと呼んでくれ。まだそんなに歳は取ってない」「それから、お酒のことは気にするな」

やがて食べ終わり一息つくと、「ジュースでも飲むか?」の質問に、こちらもすかさず「うん!」と返事をする。この店で飲むかと思いきや、「またちょっと歩くけど俺のなじみの店がある。そこでジュース飲もう」たかがジュース飲むのにわざわざ歩いて行くのかと思ったが、断る理由はなく、またしてもついていく。やがて六本木に出ると雑居ビルに入り、扉を開けるとほぼ同時に、「あらジンさん、こんな時間に珍しいね!」と派手な服を着た女性に出迎えられた。

「あれ、この子どうしたの？」

「子供だけど俺の友達。こいつにジュース飲ませてやってくれ」

僕は、まず働く人が、お客さんにタメ口なことに驚く。それから働く人がお客さんと一緒に座ってしまう。しかもなんと隣に。その時は子供過ぎてわからなかったが、いわゆる〝クラブ〟（踊るほうじゃなくて）に連れていかれたのである。不思議なことだらけで僕の頭の中は混乱していた。時間が経つにつれ、「お酒のことは気にするな」と言って僕を安心させたジンさんは、だんだんと酔うにつれ態度が横柄になっていった。ついてきたことを少し後悔し始めた頃、隣に座っていて僕を迷惑そうにしていた女性が、「この子、そろそろおうちに帰さないとまずいんじゃないの？」と真顔で言うと、「やべっ、そうだな！」と、ようやくお開きになった。

アジア会館に戻ると、フロントの女性がこちらを見ながら足早で歩いてくる。目が合うと間髪おかず、「どこ行ってきたの？」と聞く。

「餃子を食べて、お酒を飲む店でジュース飲んできた」ことを伝えると、少し困った顔をして、「大人がお酒を飲む店に子供が行っちゃいけないの。今度から断って。断れなかったら私に言って。私がいなかったら誰でもいい。話しておくから」

少し間をおいて今度は優しく僕の目を覗き込むように「大丈夫?」と聞く。

「わかったよ、大丈夫」と僕。

ジンさんは、アジア会館で僕と会うと、その時一緒にいた自分の友達に必ず紹介してくれた。「俺の一番若い友達だ」と。類は友を呼ぶなのか、彼の友達も見た目は彼と同じくらい怪しい人たちばかりだった。その頃はまだあまり見かけなかった男性の茶髪、派手な服装。威勢のいい会話、やたらする握手……。半分冗談とわかりつつも〝友達〟と紹介されて心地良かった。彼の友人たちもその後会うと、「ようボク、元気か」などと挨拶してくれて、大人のグループの仲間入りしたようで気分が高揚した。

それからもジンさんからは、時々誘われて一緒に食事をした。そのたびにフロントの女性の言葉を思い出したが、この時の僕の正直な気持ちは「どちらの言うことも聞きたい」だった。だから「2回誘われたら1回は断ろう」と心に決めていた。

しかしなぜか、ジンさんからはその後も食事は誘われるものの、二度と〝クラブ〟に連れていかれることはなかった。ほかの大人たちにたしなめられているのを察したのだろうか。せっかく覚悟したのにと、がっかりした気持ち半分、フロントの女性の気持ちを裏切らずに済んだ、という安堵の気持ちと半々だった。それでもちょっと怪しい大人のジンさんは、僕の話をよく聞いてくれたし、会話はいつも楽しかった。

学校帰りのある日。

「おうボク！」

「話があるんだ」、と呼び止められた。

「俺、仕事が変わってね、大阪に行くことになった。明日、送別会やろう」

「初めて会った時にジュース飲んだ店あっただろう。夕飯食べたらあそこで！」

フロントの女性の顔が浮かび、一瞬、躊躇はしたが、これは〝2回に1回断る〟のではなくて、それ以降はない、〝最後の思い出作り〟だ。すぐに決心すると、「わかった、行くよ」と返事した。

数か月振りに訪れたクラブの女性は、今回は怪訝そうな顔をせず、明るい笑顔で迎えてくれた。

「ジンさん、せっかくお友達できたのに寂しくなるわね」

「そうなんだよ。東京に未練はないけど、ボクと会えなくなるのは悲しいね」

「なんだか、彼女とのお別れみたいだね」

「確かに！」

「ハハハ！」

みんな笑っているのに、僕だけ泣いた。

「なんだよ、明るくバイバイしようと思ったのにしんみりしちゃうじゃないか！」
アジア会館では、レストランで態度が悪かったり、ロビーで大勢で騒いだり、ジンさんたちは従業員たちに冷ややかな目で見られていたのは知っていた。でも、僕を大人扱いしてくれたジンさんが大好きだったのだ。

ジンさんとの出会いは「私の人生」の最初で最大の危機だったのかもしれません。小学生で「クラブ」デビュー、そんな子供は「世の中広し」といえども、多分私くらいではないでしょうか。悪い大人がいたものです（笑）。でも実際は優しいお兄さんでした。無防備な少年でしたが、悪い道にそれることなく、つくづく運が良かったと思い出します。

遠い親戚

「一緒のテーブルで食べてもいいかな?」

「混んでいるから」と、話しかけてきた女性はケイコと名乗り、座ると開口一番僕に聞いた。

「ごはん、いつも一人で食べてるの?」

「うん、たいていはね」

「そう、私も」、そのあとは無言となり、食べ終わると
「またね」

「うん」と、さして会話も深まらず去っていった。同じ3階に部屋を借りていたケイコさんは、318号室の前を通るたびに、扉越しに、「おはよう」とか「元気?」などと、声をかけてくれていたが、この日は初めて一緒に食事をして、極めて短いおしゃべりをした。

それでもこの日以降は、レストランでケイコさんと会うと、混んでなくても声をかけあって同じテーブルで食事をした。ケイコさんは声をかけてきた割にはいつも無口だった。それでも徐々に話すことは増えていき、実家は鎌倉にあること、通勤が大変なので東京で暮らしていること、芸能人のマネージャーを仕事にしているので（誰もが知る女優さんだった）、生活が不規則ということもあり、アパートは借りずここアジア会館で生活していることなどを教えてくれた。

毎日のアジア会館の食事は飽きがちだったので、そのうち、会館の外に出て、青山一丁目界隈のレストランでも食事をするようにもなった。その時はケイコさんの御馳走だ。「レストラン・ココパームス」、中華料理の「晋風楼」……。子供には贅沢すぎるお店にも時々訪れ、華やかな世界を垣間見せてくれた。記憶をたどれば、食の世界に目覚めたきっかけはこの時からだろうか。おしゃれなお店をよく知っていて、子供ながらに感心したが、仕事柄というよりも、昔からこの世界に慣れ親しんでいるような雰囲気があった。

ある時、食事しながらケイコさんは僕にこう呟いた。

「私さぁ、あなたのママにはなれないけど、でも少しだけでも代わりになりたいな」


次第に僕は、ケイコさんと一緒の時間が増えていった。学校で必要になったものの買い物。おやつの仕入れ。特にアジア会館から散歩がてら歩いて行ける、青山通り沿いのスーパー「ユアーズ」がケイコさんのお気に入りだ。輸入品がたくさんあって、見ているだけで楽しかった。でもそれより生活が不規則なケイコさんにとって、当時珍しかった24時間営業が最大の魅力だったのだと思う。

一度鎌倉に遊びに行ったことがある。海を見たりパンケーキを食べたり、雑貨のお店を覗いたり。夕方になって、かなり長い距離を散歩していた時、木造の2階建ての家の前で突然立ち止まり、「ここが私の実家」と指さした。庭が広く、家というよりお屋敷のようだった。

「大きいお家だね！」

「でもね、広くても住んでて気持ちは窮屈だったの」

「だからずいぶん前に家飛び出しちゃったんだ」

「寄らなくていいの？」

「うん、家出同然だったからね。そのまま勘当されちゃったし」


ケイコさんの仕事は大変そうだった。出会った当初は無口だったが、段々口数は増えていき、時々僕にも愚痴をこぼし、「ごめんね、話聞いてもらって。これじゃ、ママの代わりどころか、ボクがいないと私が困っちゃうね」

それでもケイコさんは、僕が必要としている様々なことをできる限りこなしてくれた。そして基本、お互い寂しがり屋だった。

一緒の時間が増えていくにつれて、僕の気持ちにも変化があった。寂しかったり、嫌なことがあったりすると、溜めずに吐露していたのだが、自分勝手な解決を求めてだんだんわがままを言うようになったのだ。それがついには、ケイコさんの言ったことやしたことが気に入らないと、暴言を吐くようになった。なんでも受け止めてくれるような錯覚を起こしたのだろうか。次第に口喧嘩も増えていった。

ある日、久し振りに会館の外に夕食を食べに行こうと、誘われて行くことになった日のことだ。いつもだと、数軒の候補から僕が行きたいところを選択して決める。この日は珍しく行き先を話し合わず、連れていかれたのは〝焼肉屋〟だった。前から行きたかったところだが、何度かリクエストしても「匂いがつくのは困る」と敬遠されていたのだ。恐らく、最近喧嘩が多くて、仲直り的に僕を喜ばせようと、ここに連れてきてくれたのだろう。にもかかわらず、僕の心になぜか意地悪な気持ちがむくむくと湧き起こる。

「今日は焼肉の気分じゃない」

「え〜！　せっかく予約したのに」

「焼肉以外がいい」

「でも食べ始めたらきっとよかったって思うよ。とりあえず入ろうよ」

「嫌だって、言ってるじゃん」

「じゃ、何がいいの？」

「わかんない」

「わがままね」

それ以降はあまりよく覚えていない。意地悪をしていたら、気持ちがますますエスカレートしてしまい、気がついたら青山通りで互いに大きな声で罵り合い、しまいには一人で歩いてアジア会館に帰ってしまった。

コンコンと、ケイコさんが318号室の扉をノックする。

「ごめんね、私の気持ち押しつけちゃって」

「許してちょうだい」

「お願い、ドア開けて」

「私、どうしたらいいの？」

僕はずっと無言だった。

「ボクの喜ぶ顔が見たかっただけなの」

その言葉を聞いた僕は、突然、

「ママの代わりなんてしてほしくないんだ！」、と叫んでしまった。

思ってもない言葉が口から出てしまい、自分でも驚く。暫く廊下はしんとして物音がしない。やがてケイコさんの遠のく足音を聞いて、僕は大泣きした。本当は違うのに。甘えたい自分の気持ちをどう処理していいのかわからなかったのだ。


その後、ケイコさんと会うとお互いぎこちなく手を振ったり、元気？などと、どうでもいい挨拶をかわして、なんとなくバツが悪い気持で、一緒に食事をするタイミングを失っていた。

そのうち、時々ケイコさんとフロントのスタッフが言い合いをするのを見かけるようになったが、スタッフに理由を聞いても教えてくれなかった。

ある日、意を決して謝ろうと思い、ケイコさんの部屋を訪ねた。するとフロントの人とルームサービスの人たちが数名、荷物のなくなったケイコさんの部屋の掃除をしている。思わず「ケイコさんは?」と聞くと、「宿泊のルールを破ったから出ていってもらった」

がらんとしてあるじを失った部屋に、僕は茫然として立ち尽くした。失ったものの大きさに戸惑い、いつまでもたたずんでいた。

その後、ケイコさんの実家の電話番号を調べたり、アジア会館で彼女と親しくしていた人たちに聞いたり、必死に行方を探したが、連絡は取れず二度と会うことは叶わなかった。

もう少し早く謝っていたら……。

強烈な後悔の念。思い出すと、胸をかきむしられるような気持ちが湧いてくる。仲直りしていれば、アジア会館を追い出される前に一言声をかけてくれたであろう。そうすれば、アジア会館にいなくても、また時々会うことができたはずだ。〝ママの代わり〟ではなくても家族のような存在だったと今頃気づく。気持ちを思い切りぶつけられた唯一の大人。もし再会が許されるなら、人にはケイコさんを、照れ隠しを含めて「遠い親戚」と称して紹介しようと思う。

子供のコントロールが利かない気持ちが、残酷な現実を迎えてしまいました。出会った人は大切にする。私はこのことがあってからは、それを人生の中でプライオリティ高くして生きてきました。悲しい思い出ではありますが、自分の気持ちに正直になる、人の優しさに思いを馳せることの大切さを学んだ、私の生き方に大きな影響を与えた出会いでした。

初恋

「日本語話せる?」

　奈々さんは、318号室の扉から顔を覗き込むとそう聞いた。

「はい!」

「良かった!」

「いつも勉強していて偉いね」

　そう、いつも部屋の扉は開けていて、人に覗き込まれてもいいように、机の上には教科書を広げて置いていたのだ。実は勉強なんかしていない。たいがいはボーっと考え事をしていた。

「私はね、大学生だけど、薬剤師の試験を受けるために、試験勉強でここに泊まっているのよ」

奈々さんは背が高く、すらっとしていて、とても綺麗な人だった。服装はおしゃれだけど、派手さはなく、しゃべり方もおっとりしていて、会っていて初対面でも落ち着く安心感があった。

「勉強熱心ね」僕は、全く違うことを早々に白状した。

「そうなんだ」

「で、困っていることとかある？」

「宿題」

それを聞くと、口に手をあてておかしそうにクスクスと笑い、

「じゃ宿題、見てあげようか？」

思わず心の中でガッツポーズ。もちろん断る理由はない。

それから僕の専属家庭教師となった奈々さんは、自分の部屋の椅子を僕の部屋に持ってきては、宿題を手伝ってくれた。奈々さんと出会う前は、学校から宿題を出された日の気持ちはブルーだったはずだが、今は喜々として下校する。宿題がない時はその日の授業のおさらいをしてくれた。

狭い部屋なので、椅子は二人並んで座れない。机の横に90度に向き合って座ってもらった。教科書から目を離し、顔を上げれば奈々さんの横顔が目の前だ。その日も顔を上げて、奈々さんの美しい横顔をいつもより少し長く覗き込む。

「何?」

「自分の勉強だけでも大変そうなのに、いつも僕の勉強まで見てもらっていいのかなって」

「ばかね。私にとっては中1のお勉強は、足し算や引き算教えることと変わらないくらい簡単なことなの。気にしないで」

「それとね。試験勉強、長時間やっているとやっぱり疲れて飽きちゃう。ここに来るのは気晴らしにもなって楽しいの。だから暫くやらせてね」

僕は、この幸せな時間がいつまで続くのか不安だったが、この言葉を聞くと、安心して続きを終えた。

そしてある日。

「ボク、今度の土曜日空いてない？」

「うん」もちろん予定なんかない。

「私の友達が車で遊びに来るの。横浜までドライブしようか」

「それからね、その車、きっとボクが好きな車だと思うよ！」

数日経ってその土曜日はやってきた。そして奈々さんはとても楽しそうだった。アジア会館の駐車場に止められた、スタイリッシュなその真っ赤な車は、大きなスポーツタイプの車だった。エンブレムには「ＭＵＳＴＡＮＧ」と書いてある。彼女が言う通り、車は確かにカッコよかった。でもそれ以上に奈々さんの友達の「伊藤さん」がカッコよかった。そして醸し出す雰囲気が奈々さんと似ている。おしゃれだけど落ち着いた服装。おっとりした感じ。

「奈々が、勉強仲間ができたって喜んでたよ」……。おまけに優しそうだ。

可愛いイルカの絵とおしゃれな字体で「Ｄｏｌｐｈｉｎ」と書かれた看板のお店は、中に入ると海が見える素敵な景色が広がっていた。二人はここがお気に入りで、その後も三人で何度か訪れた。デザートを食べたり、テラス席で海風にあたって和んだり。一度だけ夕飯もここで食べたことがある。昼時の雰囲気と打って変わってホテルのようで、この時は少し緊張した。夜は夜景が綺麗だった。

車を近くの駐車場に入れて歩いて入った「アロハカフェ」は、大きな窓にカラフルなネオン。入ればビリヤード台があり、大人の雰囲気に圧倒された。僕はもちろんだけど、奈々さんと伊藤さんも車なのでお酒は飲まない。周りのお客さんは殆どお酒を飲んでいたが、三人でお店の名物〝バナナジュース〟を飲む。チームメイトの感じがして、違和感もなく居心地良かった。

ハーレーがよく止まっていた「ブギーカフェ」は、アメリカンな雰囲気で、店内に入ると、そこはまるで外国に来たようだった。ここでは生れて初めて本格的なハンバーガーを食べた。僕が知っているハンバーガーとはまるで違う。パンにパテを挟むのではなく、ハンバーグステーキにパンを挟む感じ。世の中にこんなに美味しい食べ物があったのかと、口がソースとケチャップだらけになってもお構いなしで、むさぼるように食べていたら、「急いでないんだから、もっと落ち着いて食べて」と、二人からたしなめられる始末。大人になって、僕が食いしん坊グルメに目覚めた原点はここかもしれない。

三人の時、奈々さんは楽しそうにはしているが口数は少なかった。過ごしている時間を体じゅうで味わって楽しんでいる感じ。なので、自然と僕の話し相手は主に伊藤さんの役割になった。「将来は何になりたいのか」「お父さんはいつ帰国するのか」「アジア会館で働いている人で一番優しいのは誰か」「好きな子はいるか」など、ずいぶんといろいろな話をした。土日の長い時間を一緒にいたので、学校のどのクラスメイトより会話量は多かったかもしれない。なんとなく頭の片隅に、「本当は二人だけのほうがいいのだろうな」と思いつつも、自分の幸せな時間を失いたくなくて、そんな思いを振り払うようにたくさんおしゃべりした。


でも終わりはやってくる。

ついに恐れていたその日はやってきた。

「私がいなくてもちゃんと宿題やるのよ」

「お酒飲む大人と付き合っちゃダメよ」フロントの女性に僕のことを相談し、情報共有していたらしい。
「試験受かったら遊びに来るね」
この日も伊藤さんが車で迎えにきて、僕と握手すると、「またな」と言って
MUSTANGの運転席にスルリとカッコ良く乗り込む。野太いエンジンの音が
して、するすると車が動くと、あっという間に見えなくなってしまった。
「男は人前では涙を見せてはならん」、と言っていた父からの教えはしっかりと
守りたかったが、やはりこの日も温かい涙が僕のほほを伝わって流れた。
フロントの女性が僕に話しかける。
「奈々さんも素敵だったけど、彼女のボーイフレンドも素敵な人だったわね」
伊藤さんが僕を可愛がってくれていたことも彼女は知っていた。その言葉を聞
くと僕は条件反射のように、
「いや、伊藤さんは奈々さんのボーイフレンドじゃないよ！」と、呟く。
「あら、そうなの⁉」
と、不思議そうな顔をして僕の顔を覗き込むと持ち場に戻っていった。

今にして思えば、これは間違いなく私の初恋の思い出でした。可愛がってくれた奈々さんはもちろん、伊藤さんのことも好きだったし憧れのような気持ちも持っていました。でも、「ボーイフレンド」という言葉を聞いた瞬間、子供ながらに猛烈なジェラシーが湧いてきて、そうあってほしくない願望からか、つい「ボーイフレンドじゃないよ」の言葉になって出てしまったのでしょう。楽しかった思い出、可愛がってくれた感謝、別れのつらさ、恋心などが、入り混じった、子供の頃の切ない気持ちが今でも鮮明に蘇ります。

壁打ちテニスが繋いだ隣人たちとのラリー

「バックハンドはスライスよりドライブを練習したほうがいい」

アジア会館の裏手の駐車場の突き当りは、隣家とのブロック塀があり、そのブロック塀を利用して僕は壁打ちテニスをしていた。駐車場が見える客室の窓から、僕が壁打ちテニスを始めると、決まって眺めている人がいるのは気づいていたが、この日はついに降りてきて、僕に話しかけてきた。

「スライスのほうが簡単だけど、球が上がりやすいからね。時々ボールが壁越えてなくしているのを見て、もったいないなぁと。いつか言おうと思っていて」

確かにその通りだ。気をつけて打っているつもりでも、時々球は壁を越えて、2階建ての一軒家の隣家の庭に打ち込んでしまい、そのたびに、新しいボールを取り出さねばならなかった。ただ、わかってはいたけど、ドライブが僕には難しく、やっていなかっただけだ。

話は少しだけ遡る。

中学に進学すると、テニス部に入った。テニスに強いこだわりはなかったが、アメリカの大学に入学していた兄が、中高とテニス部だったのでなんとなく選んだ。でもその低い志が災いしたのか、1年生はボール拾いばかりやらされて、一向に打たせてもらえず、それが面白くなくて、殆ど部活には出ていなかった。そんな状況ではあったが、僕がテニス部に入ったことを兄は喜び、日本でのわずかな期間の滞在で一時帰国した際、お土産にアルミ製のテニスラケットをプレゼントしてくれた。ちょうどラケットは木製からスチール、アルミへと変化を始めたタイミングで、その〝はしり〟のラケットだった。ブリッジの赤いプラスティックに白文字で「HEAD」と書かれているデザインがカッコ良かった。部活には出なくなってしまったが、このラケットを使いたくて、壁打ちテニスを始めたのだ。

バックハンドのドライブを勧めようと、話しかけてきたのは杉田さん。杉田さんは大学時代にはテニス部だったそうだ。僕は杉田さんに、ドライブは難しくてできないと説明すると、そのコツを教えてくれた。その場でドライブをかけるのではなく、前に踏み込むこと、ラケットを振るのは軽くてもかまわないから体重移動だけはしっかりすること、横より縦方向を意識すること……など。もちろん、最初はうまくいかなかったが、毎日のようにやっていたことと、その後も時折杉田さんが教えてくれて、そのうちできるようになり、いつのまにかボールもなくさなくなっていた。そして杉田さんも、時々318号室に遊びに来てくれるようになった。

ある日、ちょっと油断をして、久し振りにボールがブロック塀を越えていき、隣家の庭に打ち込んでしまった。やれやれと、新しいボールを取り出して、打ち直そうと思った次の瞬間、壁の向こうから一人の男の顔が飛び込んできた。想定外の出来事と、壁の上に跨る男の様子に驚き、てっきり怒られるのかと思って緊張した。

「これ、君のだよね？」

その手には、ビニール袋に入ったたくさんのテニスボールがあった。

「いつか返そうと思って、とっておいたよ」

よく見ると壁に跨った男は意外に若かった。予想外の出来事にあっけにとられていると
「俺、高校の部活でテニスやりたかったんだ。でも経験者ばかりであきらめたけど。俺にも教えてくれ」

彼は高校生だった。怒られると思ったらまさかの展開。戸惑いながら、僕も全くの初心者であることを告げ、教えることはできない、と丁重に伝えた。が、彼はそんな僕の話を無視してお構いなしに壁を乗り越えこちら側に飛び降りてきてしまった。

「どうやって握るんだ？」壁に向かって打ち始めると、

「難しいな」

「これじゃ、ボールいくつあっても足りないわ！」

あくる日は、二人で遊んでいる時に杉田さんが来たので、高校生の彼を紹介した。こうして杉田さんの教え子は二人になった。最初は一人で遊んでいた壁打ちテニスだったが、杉田さんや高校生が時々加わる。暫くしてもう一人仲間が増えた。高校生の妹だ。まだ小学生の彼女の役目はボールガール。壁の上に跨り、ボールが壁を越えて庭に打ち込むと大喜びして取りに行きこちらに投げ返してくれる。お兄ちゃんの高校生は力が余り過ぎでボールがしょっちゅう壁を越えては妹を喜ばせた。社会人の杉田さん、高校生に、妹の小学生、そして中学生の僕の、奇妙な四人の壁打ちテニスは、遊び方も奇妙ながら僕にはとても楽しい時間だった。一人より二人、二人より三人、三人より四人と、一人でも人数が多いほうが、より楽しかった。

「壁打ちテニスができる専用の場所があるけど行くか？」

ある日の杉田さんからのお誘いに、僕は小躍りした。駐車場の壁打ちテニスだけでは物足りなくなっていたので、これは魅力的な提案だ。数日後、二人でバスに揺られて15分ほどの目的地、千駄ヶ谷に向かう。その場所は、東京体育館だ。イベントがある時には駐車場となるスペースの、「駐車場の壁」だった。その壁は、上部が湾曲していて、トンネルの半分の形をしている。ボールが上部にあたっても逆ホームランしないように考慮されているのだ。横の長さは１００ｍくらいあっただろうか、スペースも広め、混んでいる時もあったが、譲り合って使う習慣ができており、多少混んでいても気持ち良く利用できた。そして何より、仕送り生活の僕にうれしいのは、ここは無料なのだ。

千駄ヶ谷に来た時は、杉田さんはコーチだけでなく、パートナーになる。僕が打って戻ってきたボールを杉田さんが打ち、交互にストロークする。力加減をせずにラケットを振ることができて、試合形式で戦っているようなゲーム性もあり(相手は壁だけど)、見事にハマった。使用可能日が出入口に張り出されており、スケジュールを確認しては、杉田さんと次に来る日を決めた。

千駄ヶ谷行きには、もう一つ欠かせない楽しみがあった。通りの並びにある「ホープ軒」という店名のラーメン屋である。インターネットもなく、メディアのグルメ情報すらまだあまりなかった時代、「日常の美味しいものはタクシードライバーに聞け」と、言われていた頃。ここは確かにいつもタクシードライバーたちで混んでいた。杉田さんに連れられ、最初に食べた時の印象は強烈だった。世の中にこんなにうまいラーメンがあるのかと。

話はまたそれるが、高校生になって帰国した父と二人暮らしを始めた頃、自転車を買って行動範囲が広がり、アジア会館時代の思い出である「ホープ軒」を真っ先に訪れた。そしてその味は記憶を裏切らない美味しさだった。思い出が蘇り毎日のように通った。当時店主は、厨房から出されたどんぶりに、ホールからネギなどのトッピングを入れて客に運ぶ係をしていたので、自然と客との会話も多かった。僕も連日通い始めたので顔を覚えられ、「毎度！」と声をかけてくれるようになった。が、連日通い始めて数日経ったある日、店主がまじまじとこちらを見つめ、「兄ちゃん、いつも来てくれるのはうれしいけど、ラーメンばかり毎日食べてたら体壊すよ」と、忠告されて驚いたことがある。それほどのお気に入りだったのだ。

さて、話を戻す。

「今度は、テニスの試合を観に行かないか？」

杉田さんからの、次の提案だ。

国内では、神和住純、坂井利郎、世界ではケン・ローズウォールが活躍した時代。田園調布駅前にあった田園コロシアムが観戦会場だ。

もちろん試合なんて観たことがなかったし、観ることが楽しいのかは瞬時にはわからなかった。でも少なくとも杉田さんと過ごす時間は楽しかったので、喜んで行くことにした。

会場は熱気にあふれ、試合は盛り上がっていた。残念なことに、誰の試合を観たのか、どんな試合だったのかの記憶はない。ただ、プロの想像を絶するテクニック、土のコートにシューズをすべらせながら打つバックハンド、全力で前進して打つボレー、ファインプレーのたびに沸き起こる拍手、臨場感は存分に味わった。そしてテニスブーム到来の勢いも体感したように思う。

「体の調子が悪く、心の病気にもなっていたけど、ボクと遊んでいたら元気になったよ。来週からまた職場に復帰だ。寂しくなったら連絡頂戴ね。その時は壁打ちテニスやりに来るよ」

杉田さんは、僕と遊ぶ時は、必ず僕の都合に合わせてくれていた。いつ仕事しているのか、夜働いているようにも見えないし不思議だった。心の病気で療養中だったのだ。アジア会館を去る杉田さんの背中を見て、「元気でね」と僕は呟いた。

社会人になって、親しくなった取引先の方と家族ぐるみの付き合いが始まった時、先方からテニスに誘われました。一瞬躊躇しましたが、「少しだけやったことがある」と返事して思い切って参加しました。杉田さんのお陰で下手ではあったけど楽しくお付き合いができました。それからは、毎年彼の別荘に呼ばれるようになり、宿泊した翌日には近くのコートでテニスをすることが恒例となりました。テニスを通じてより仲良くなり、30年経った今でもお付き合いを続けている大事な友人です。杉田さんのお陰で大事な友人ができました。

人は元気そうに見えても、実はいろいろな問題を抱えている。それでも他人には優しく接することの大事さを教わった出会いでした。

子供たちの国際紛争

「Are you Japanese?」

生まれて初めて英語で話しかけられた。話しかけてきたのは、ブロンドヘアーの、恐らく僕と歳が変わらないであろうブラジル人の男の子だ。

話しかけられたのは、レストランの中庭をうろうろしている時だった。片言の英単語を用いてもなかなか言葉が通じない。「ポルトゲッシュ！」と何度か叫んでいるのを聞いて、先方も主言語が英語でないことがわかった。宿泊客ではなく、時々レストランに食事に来ているようである。ニックネームはガブだ。

でもそこはさすがの子供同士、言葉が通じなくてもほどなく一緒に遊び始める。まずは館内探検。僕が住んでいる318号室を最初に紹介した。部屋の中を見るのは初めてなようで、面白そうに見まわしていたが、何せ小さな部屋、ひと通り眺めるとすぐに部屋を出た。すると、ついてこいとガブが手招きする。318号室のある3階には、気がつかなかったが電話交換室があった。人目に付きにくい、狭小の通路を入ると突き当りにドアがあって、ガブはドアに耳をあてて中の音を聞いている。〝お前もやってみろ〟というようなジェスチャーするので、僕もやってみた。すると、「お電話ありがとうございます。ホテルアジア会館でございます」、という声が聞こえてきた。驚いて、びっくりした顔を彼にすると、彼は誇らしげに笑いながらサムアップをする。

続いて向かったのは地下1階。僕は降りたことがない。廊下に出てすぐに「ボイラー室」と書いてあるドアがあった。「関係者以外立ち入り禁止」とも。彼はそのドアを開けて中に入る。ドアを音がしないように閉め、ドキドキしながらガブのあとについていく。大きな機械と物音、蒸気。怖かったけど映画の冒険シーンのようでワクワクする。暫くすると「ガタン!」と、大きな物音と人の気配がして、驚いて二人とも踵を返して走って入口に戻る。後ろから「こらー!」と怒鳴り声が聞こえたが、振り返らず一目散に1階へかけ上がった。1階のドアを閉めて互いに顔を見合わせると、一瞬間をおいて、爆笑した。やっちゃいけないことをしでかした楽しい冒険だったのだ。

お礼に僕は、駐車場の「壁打ちテニス」の壁を紹介した。テニスのラケットを振るしぐさを見てガブは「わかったよ」という表情をしてうなずいている。続けて「マイコーチ」と言って、テニスを教えてくれる客人が住む隣家の窓を、「フレンド」と言って指さしたが、うなずいてくれはしたが理解したかどうかはわからない。いずれにしても僕のネタのほうがだいぶ地味である。

ひとしきり遊んだあと、レストランの中庭に戻ってきた。途中走ったりしたこともあって暑かった。中庭に水を入れたバケツを見つけて、手を入れたり顔につけたりしているうちに、互いに水かけっこが始まった。最初はかけられるたびに大笑い。でもそのうちにかけ方がエスカレートしていき、やがて本気モードに。ついには、頭からかけられたことがきっかけとなり、やがて取っ組み合いとなり、気がついたら殴り合いの喧嘩にまで発展してしまっていた。そして運悪く僕のパンチが彼の鼻にあたり鼻血が噴き出す。僕はしまった、と固まり、彼は青ざめて立ち尽くす。

ここでようやく大人たち、アジア会館のスタッフたちが気がつき、集まってきた。ガブの介抱を終えると、彼を一生懸命慰め、気を遣っている。一方で、僕には「どうしてこんなことしたの！」と責め、まるで僕が１００％悪いのだと言わんばかりの雰囲気だ。「理由もわからずに何言ってんだ」とは思ったけど、殴ってしまった後悔と、ガブのダメージを思うと反論はできなかった。

暫くたって、大人たちに促されて、ぴょこんと頭を下げてガブに謝ると、彼も僕の肩に手をまわして「OK、OK!」と言ってくれた。ありがたいことにすぐに仲直りができた。

やがてガブは、「近くに家があるから遊びに来い」というような?ことを言って手招きして誘ってくれた。近くらしいので「YES」と言ってついていく。日本にある外国人の家ってどんなだろうと興味深かった。

外苑東通りを青山一丁目に向かって歩いていく。青山一丁目のT字路の交差点には、ブラジル国旗が掲揚されているビルがあり、それを見て彼がブラジル人であることを思い出した。交差点付近には老舗和菓子屋の創業者の特別立派な平屋の家が1軒あるだけで、その一軒屋以外には家屋は殆どない。不思議に思っていると、ブラジル国旗のあるビルに入っていく。どうやらこのビルの中に住まいがあるらしい。

エレベーターホールに降りると、そこは別世界だった。豪華なホールとなっており、シャンデリアがまばゆい。入り口にもブラジル国旗が飾られていて警備員が立っている。「えっ?」と、思う間もなく、敬礼されながら中に入っていく。そしてとある部屋にノックして入る。そこは誰もいなかったが、ガブは一言「ファーザー」と呟いた。映画で見るような、現実では見たことがない広い部屋。立派なソファーの応接セットや国旗、巨大な地球儀などがある。

そう、彼のお父さんはブラジル大使。そして彼はブラジル大使の息子だった。

〝家に招待された〟のではなく、〝大使館に連れていかれた〟のだ。

ただただ唖然としたが、ここでアジア会館の大人たちの対応が子供ながらに合点がいった。大事にならないか心配だったのだ。そして事情がわからない僕を何とかなだめて謝らせようと必死だったのだろう。

僕は、テニスを教えてくれた同じアジア会館の住人〝杉田さん〟に、事の次第を告げて相談した。すぐに仲直りしてくれたこと、大使館に連れていってくれたことの返礼に何かしたかった。杉田さんは「千駄ヶ谷の壁打ちテニス」に彼を連れていくことを提案してくれた。なるほど、これは良い。喜んでもらえそうだ。その後、杉田さんのコーチで、駐車場の壁打ちテニスをガブに一度体験してもらったあと、後日改めてガブを誘って出掛ける。杉田さんも「何かあったらまずい」と心配してくれ、ついてきてくれることになった。三人でバスに揺られて千駄ヶ谷に向かった。ガブのラケットは杉田さんに借りた。

まだ2度目のガブは、だいぶ苦戦した。隣でプレイしている人のほうへ打球がそれること度々。そのたびに杉田さんが「すいません！」と謝っては球拾いをしてくれた。ガブはすまなそうな顔をしながらも、それでも楽しそうだった。

へとへとになってから一休みして、僕は彼に食事のしぐさをする。満を持してラーメン屋「ホープ軒」へ連れていく。絶対喜んでくれると踏んでいた。店に連れていくと案の定、彼の表情が輝いた。僕は誇らしげな顔で「ＥＮＪＯＹ！」と声に出す。でもいざテーブルにラーメンが来ると彼の顔が曇った。お箸が使えないようだ。僕はまたしても自慢げにガブの肩をたたき、ポケットに隠し持っていたフォークを差し出す。ガブは思わず「WOO！　THANK YOU!!」と叫ぶ。事前にこの計画を杉田さんに相談したところ、「彼、お箸使えないかもしれない」と指摘してくれていた。それを聞いてアジア会館のレストランでフォークを借りて出掛けたのだ。

帰りもバスに揺られて帰ってきた。バスは混んでいたのでずっと立っていた。停留所毎に停車してはそのたびに大きく揺れた。疲労と満腹感で立ったまま寝そうになる。バスを降りて、ガブを杉田さんと二人でブラジル大使館に送り届ける。別れ際に「楽しかったか？」と、聞いてみると意外な答えが返ってきた。「テニスもラーメンも楽しかったが、バスも楽しかった」と。

このあと、ガブからのお誘いで一度食事をした。こちらは杉田さんも一緒、先方はご両親、つまりブラジル大使夫妻。それに通訳してくれる大使館の方である。

「ガブから、日本に親友ができたと聞いている」と、ご両親。「スペシャルな楽しい体験をさせてくれたそうだね」と、感謝の言葉を伝えてくれた。加えて笑いながら、

「親友になったきかっけがあるらしいが、それは二人だけの秘密で教えてくれない」とも。今度は僕がガブに心の中で「あの時はごめんね」と謝りながら、「ありがとう」と感謝をした。

豪華な料理はもちろんとても美味しかった。生まれて初めて食べた「シュラスコ」は、大きなナイフで肉を削いで客人にふるまう、その提供の仕方に驚いた。1回の食事で何種類もの肉を食べることもびっくりだった。当たり前だが、外国にはそれぞれ、日本とはまるで違った美味しいものが存在することがわかり、早く大人になってたくさんの海外の料理を食べてみたい、と思ったことを思い出す。

ガブの家族たちがブラジルへ帰国する前の日、ガブは318号室を訪ねてきて

くれた。

〃ボンフィン〃といわれる、麻のひもを編み込んで作られた〃願いが叶うお守り〃だ。いわゆるミサンガの一種。これを僕に手渡すと、長いハグをしてくれた。

言葉もろくに通じないのにどうしてこんなに仲良くなれたのだろうと、我ながら不思議な思いに駆られながら、必死に涙をこらえた。

「See you again!」

心から再会を願って僕の最後の言葉を伝えると、彼も涙を溜めながら、うなずいて318号室をあとにした。

アジア会館ではたくさんの外国人との出会いがありました。靴のサイズが「12」だと言っては僕の部屋を訪れたアメリカ人は、「日本には自分の履ける靴が売ってない」としきりにこぼしていました。レストランでは、持ち込んだヨーグルトをごはんにかけて食べているインド人を見て驚いていたら、「インドは国の面積が広くて、北と南では、外国のように食文化が違う」ことを教えてくれたり……。

わずかな期間ではありましたが、子供の頃から様々な外国人とふれあい、「多様性」を受け入れる素地には恵まれていたと思います。アジア会館の暮らしを思い出すたびに、この1年間の体験が今の私に与えた影響の大きさをつくづく感じます。

秘密基地は地下室にあり

「ボイラー室　関係者以外立ち入り禁止」、と書かれた地下のドアを開けると、僕は男と一緒に、2度目となるボイラー室の中に入っていった。

仲良くなったブラジル大使の息子、ガブたち家族が帰国して数日後、僕を訪ねてきたのはボイラー室を管理する男だった。走って逃げる子供の背中に向かって「こらー！」と大声で怒鳴る男は、さぞかし厳つい風貌なのだろうと、勝手に想像していたが、目の前に現れた男は、背は低く、顔は丸顔、ぽっちゃりしていて、どちらかというと愛嬌があり、とても大きな声を張り上げるような人には見えなかった。

「この間は驚かしちゃってごめんな。一応、あの部屋の安全を守ることがおじさんの仕事だから」

３１８号室を訪ねてきた男はこう切り出すと、さらに言葉を繋いだ。

「お詫びに今度ボイラー室、案内してあげるよ」

にわかに信じがたい提案に、僕は小躍りした。

「えー！　いいの？」

「ああ、社会勉強だ」

ドアを開けて中に入ると、設備の説明をしてくれた。

「アジア会館の施設の温度を管理したり、お水やお湯を作って、循環させるための部屋だ」

「場所は地下の一室だけど、建物を人の体に例えれば、血液のような大切な役目を果たす設備だよ」

「おじさんはここの管理人。なかなか大事な仕事をしているだろ？」

おじさんは笑いながらそう言うと、さらに奥に入っていく。

「シュー！」という音が聞こえ、蒸気が機械から湧き出ている。ガブと一緒に来た時と同じ、冒険映画のワンシーンを体験しているような気持ちになる。2度目の訪問だが今回は罪悪感がないこともあり機械をゆっくり眺めることができた。

「これは溜めた水を温め、お湯や蒸気を作る機械だ」

「これを、離れた客室や会議室、レストランに運んで、暖房機や乾燥機として使う」と説明してくれた。

「ボイラーは、お湯や蒸気を作るだけではなくて、このタービンと言われるものをまわして、いろいろな用途に使える。すごい機械だろう」、そう付け加えたおじさんの顔は誇りに満ちていた。

おじさんの机は僕の机よりだいぶ大きく、管理人らしく、きちんと整理されていた。おじさんは昔から機械いじりが好きで、工学系の専門学校に行き、大きな会社の工場に就職したそうだ。だが、機械の扱いよりも人間関係に疲れてしまい、今は、一人で切り盛りできるここアジア会館の仕事が気に入っていると。

ふと、机上に飾られた小さな飛行機の模型を見つけた。

「これ、カッコいいね！」

「プラモデルだよ。自分で作って塗装した」

「ボクはプラモデル作ったことある？」

小学生の頃を思い出した。時々訪れる家の近くの本屋さんは、建物の奥にプラモデルコーナーがあり、長い時間をかけて選び、何度か作ったことがある。選んでいる時のワクワク感が蘇ってきた。

「あるけど、だいぶ前。また作ってみたい」

「そうか、でもこの辺には売っているところはないよ。売っているところ知っているけど、少し遠い。それでも行きたい？」

「うん、絶対行きたい」

「じゃ、おじさんが連れていってあげよう。また今度ね」


ボイラー室の冒険も楽しかったし、また別の楽しみも増えた。感謝の気持ちと、おじさんの誇りに満ちた顔に敬意を表し、僕はおじさんを「ボイラーマン」と名付けた。

それから暫く経ってから、日時の約束をして、ボイラーマンに連れていってもらった「田宮模型」は圧巻だった。何時間かけても見終わらないのでは、と思うほどのプラモデルの量。そして何よりもショーウインドウにディスプレイされ、綺麗に塗装された模型たちの美しさ。組み立てるだけではなく、塗装まで楽しんで一人前、ということもわかった。そして組み立てから塗装までをする、道具の置かれた大きな作業室。ピンセットを駆使して、細かい作業に没頭する人たち。ボイラーマンは自分の好きなテリトリーである小さな飛行機を買い、僕はボイラーマンをさんざん待たせた末、戦車を購入した。いや、購入したのではなく、ボイラーマンが「今日は特別、プラモデル製作再開記念に」と言って、お土産に買ってくれたのだ。

この日は帰ると早々に箱を開封、終日ワクワク感が止まらず、夜が更けるのも惜しんでプラモデルを組み立て、1日で完成させた。お礼に早く喜ばせたい気持ちと、作り上げた自慢をしたくて翌日早々に、ボイラー室を訪ねる。持っていった戦車をボイラーマンは眺めると、少し間をおいて、「今度からは接着する前に、ランナーを綺麗にカットしないとダメだ」と一言。

プラモデルは、圧縮成形という成形方法で樹脂を圧縮して金型に入れる。その時、「ランナー」といって樹脂を各パーツの金型に送る時の樹脂の通り道ができる。作る時は、組み立てる部品とランナーを切り離すのだが、この時、手でねじって切り離すと、切り離された部品のライナー接続部分が〝トゲトゲ〟になって残ってしまうのだ。

「ランナーから部品を手でちぎっているだろう。それじゃダメだ。ニッパを使って切り離し、それでも少しトゲトゲは残るからそれはやすりで落とせば完璧だ」

「ニッパとやすり、貸してあげるよ」

それからは、新しいプラモデルを購入するとボイラーマンを訪ね、彼の机を借りてそこで製作した。ニッパとやすりを借りて自分の部屋で作ることもあったが、大方ボイラー室で過ごした。ボイラーマンは、休憩時間になると自分の得意の飛行機を作り、僕は一緒にその時間を過ごすことが楽しみだったのだ。彼も僕と同様にプラモデル製作の世界に戻り、僕と一緒の時間を度々過ごした。神経を集中するので会話は殆どゼロ、互いに黙々と作った。会話はなくても僕にとっては至福の時間だ。

最初の頃は、組み立てるだけだったが、やがてボイラーマンは、自宅から塗装のための道具と材料を一式持ってきてくれ、僕も塗装までやるようになった。もちろん、部品はニッパで切り落とし、〝トゲトゲ〟はやすりで削る。はみ出てしまった接着剤は、はがし剤を使って落とす。この作業をきちんとやらないと塗装も綺麗にいかない。

ボイラーマンから塗装を教わり、プラモデルの楽しさが一段と増した。模型の色が変わると、見た目も一気に激変、オリジナリティを感じ、〝自分の作品〟という、満足感が高まる。色の好みが、僕とボイラーマンでは違っていることも面白かった。ボイラーマンは光沢を嫌い、渋めの色が好きだった。一方の僕は明るい派手な色が好きだ。

パッケージの箱を開け、完成した時の姿を想像する。そして組み立てている時の楽しい時間。僕は性格がせっかちなため、目の前の作業の手を抜いてすぐに次の作業に移ろうとすると、ボイラーマンから「ゆっくり、丁寧にね」と、諭されながら進む時間。組み立てが完成した満足感に浸ると、次は塗装。この時も全く同じ。雑になりがちな僕の手際を見ては、「そんなに慌てちゃダメ、ゆっくりやりな」と、度々注意されながら塗り終わる。この塗装を終えた時は、時間をかけてようやく出来上がった満足感と、同時に次は何にしようかの思いを巡らせる最高の瞬間だ。

「ボイラーマンは教えるのが上手だね」

「工場で働いていた時は、人に教えるのが苦手で、何でも一人でやりたがった。でもこうして二人でプラモデル作っていると、人に教えるのは楽しいって、気がついたよ」

と喜んでいた。

ボイラーマンと、幾つのプラモデルを作った頃だろうか。僕の部屋には塗装され綺麗に完成したプラモデルが、ところ狭しと並び始めた頃、ボイラー室を案内してくれてから数か月経ったある日、ボイラーマンは転職のためアジア会館を去っていった。フロントの女性から聞いた話では、新しい会社では、現場を離れて数名の部下を持つ管理職になったそうだ。タイミング悪く、最後の別れができずにとても悲しかった。

「ボイラーマンから預かっているものがあるのよ」

フロントの女性から手渡された小さな包みを開けると、中に入っていたのは、新品のニッパとやすりだった。同封された四角く折られたメモ用紙を広げると、ボイラーマン手書きのメモが書いてある。

「ゆっくり丁寧に！」

私のせっかちはいまだに直りません。次にやることを考えるとつい、今の作業を止めたり、放り出して次の作業に入ってしまう。でもそんな時は、ボイラーマンの「ゆっくり、丁寧に！」のセリフを思い出しては思いとどまります。いまだに、ボイラーマンは私のせっかちな性格のブレーキ役になってくれています。まるで人生の伴走者のように……。

恋人たちとボクの三人の週末

ブラジル大使の息子、ガブが帰国前に教えてくれた、アジア会館の秘密の施設は、ボイラー室ともう一つある。電話交換室だ。案内板はなく、人が一人ようやく通れるほどの狭い通路を進み、その突き当りである。

ある日僕は、ガブと遊んで喧嘩したあの日のことをふと思い出し、電話交換室の様子を窺いに行ってみた。息を殺し、ガブがやっていたように中の声を聞こうとドアに耳をあてようとした瞬間、

「もしかしてボク？」

突然、背後から声をかけられた。予想外のことに驚き、走って逃げようと思ったが、通路が狭くままならない。焦った顔をしていたら、

「中、見たいなら入れてあげるよ」

僕に声をかけたのは休憩中だった交換手のともみさん。悪いことをして捕まったような緊張気味の僕を中に入れると、折り畳みの椅子に座らせ、テーブルの上のお菓子を勧めた。

電話交換室では、別な交換手がヘッドフォンをして仕事をしていた。

「ホテルアジア会館でございます」

「承知しました、お繋ぎしますので少々お待ちください」、そして館内放送が流れる。

「〇〇号室の〇〇様、〇〇様、お電話でございます」

「△△様、〇〇様にお繋ぎしますのでお話しください」

もちろん、英語の電話も頻繁にかかってくる。その場合の館内放送は、

「Attention Please. Room Number 〇〇〇, Mr. 〇〇, Mr. 〇〇. Telephone Call, Thank you」だ。

「どう？　面白い？」

アジア会館に来て数か月、時々ちょっとした事件を起こしたりで、僕は館内で

はそこそこの有名人となっており、この時には恐らく殆どの従業員が僕のことを知っていたと思う。ともみさんも例外ではなかった。すぐに僕とわかって中に招き入れてくれたのだ。

交換手の目の前には大きなボードがあり、客室をはじめ、フロント、レストランなどに小さなスペースが割り当てられている。電話がかかってくると、アダプターのような端子を対象のボードの差込口に差し込むと繋がる仕組みだ。交換手が話す会話のレパートリーも多くはないし、交換機の仕組みも単純。だが、この外部から電話がかかってきて、繋ぐまでの一連の動作は見ていても、聞いていても飽きることなく、僕はずっと眺め続けていた。

以降、僕は時々電話交換室を訪れた。暫くすると、電話交換室を遊びに訪ねるのは僕だけでないことがわかった。レストランのウェイターをしている西さんだ。彼も僕と同様、交換室に来ると、何をするでもなく、部屋のお菓子食べて、雑誌を読んで自分の休憩時間をここで費やし、また自分の職場に戻っていく。そのうち、ともみさんは「今度ボクの部屋に行ってもいい？」と聞き、休憩時間になると逆に僕の部屋を訪れるようにもなった。西さんもやがて、ともみさんと一緒に僕の部屋を訪れるようになる。僕の部屋は狭かったが、わずかな休憩時間を過ごすには充分だ。ベッドに腰かけて壁に背中をもたれかからせ足を投げ出す。ずっとおしゃべりすることもあれば全くしゃべらず、交換室から持ってきたお菓子を食べながら、漫画や週刊誌を読んだりするだけの時もあった。

「ボクの部屋で、三人で休憩していることは内緒にしてね。別に悪いことをしてるわけじゃないけど」

子供ながらに、二人は恋人同士であること、そしてあまりオープンにはしたくないこともわかった。

僕の部屋で、いつものごとく、ともみさんの休憩時間に、二人でおしゃべりしていたある日、僕の趣味の話になった。

「何が趣味なの？」

「テニス」「壁打ちがメインだけど」

と答えたが、ともみさんは興味なさそうだった。話題が続かず困った僕は、昔、週末になると父に連れられ登山に何度か行ったことを思い出した。

「あとは登山かな」、これには反応してくれた。

「私も登山が趣味よ！」

「なかなか休みが取れないから、日帰り登山ばかりだけどね」

「今度一緒に行く？」

「うん！」


西さんも入れて三人で秋の高尾山へ行くことになったある日。ワクワクして僕は30分ほど早めに待ち合わせ場所に到着した。が、二人はなかなか来ず、結局待ち合わせの時間に30分遅れてやってきた。

「ごめん、ごめん」

「昨日、ちょっとお酒飲みすぎちゃって」

そう言って謝ると、二人からはかすかにお酒の匂いがした。あとから知ったことだが、週末はいつも二人で居酒屋で飲む習慣があり、翌日の二日酔いは定番だ。

三人で歩き始めたが、明らかに二人は、特に西さんはつらそうな顔をしていた。案の定、歩き始めて20分ほどで早くも西さんはダウン。少し開けた場所に出ると、ベンチがあるところで、早々に休憩となってしまった。僕とともみさんはベンチに腰かけ、西さんはシートを広げて大の字になって休んだ。後ろから来る登山客たちが、おかしそうに笑ってこちらを見てやり過ごす。きっと〝こんなところでだらしない〟と思われているだろうと考えたら、機嫌が悪くなってしまった。その後西さんは何とか元気を取り戻し、僕はぶつぶつ文句を言いながら歩いたが、そこはやはり自然の中。ところどころ見える景色や、美しい紅葉を見ているうちに機嫌はいつの間にか直ってしまい、ともみさんが作ってくれたお弁当を食べる時には、すっかり上機嫌となっていた。

この日のお弁当は、梅干しのおにぎりとロールチキン。梅干しもロールチキンも僕のリクエストだ。母が作ったしょっぱい梅干しの味の思い出。度々作ってくれた大好きだったロールチキンを最後に食べたのはいつだっただろうか。懐かしさもこみあげてくる。ともみさんが持ってきくれたロールチキンも美味しかった。ほめると、「手作りじゃなくてごめんね」と申し訳なさそうな顔をした。でもともみさんが用意してくれたロールチキンは竹の皮で包まれていて、きっとちゃんとしたところで貰ってきてくれたのだと思う。二日酔いの二人、紅葉、お弁当、3つがセットの忘れられない思い出だ。

僕がとても喜んだせいか、高尾山にはその後も何度か三人で訪れた。暫く自然と接したことがなかったこと、直近では母の看病で病院生活も長かったので、体が自然との触れ合いを欲していた。ともみさんと西さんのコンビもサバサバしていて一緒にいても居心地が良かった。恋人としての付き合いをオープンにしていなかったので、三人一緒の仲間、という秘密のチームメイトのような気持ちも芽生えた。但し、お酒の失敗は相変わらず何度かあった。遅刻は当たり前、やがてついには1時間待って結局来なかったことがある。この時の気持ちの反動は大きく、一日落ち込んだ。できるだけ避けようとしていた一人暮らしの寂しさを直視することになりつらかった。そしてこの日を境に、高尾山行きは暫くお休みとなる。


西さんとの結婚を決めたこと。

来月から一緒に暮らすことにしたこと。

二人そろって職場を変えることにしたこと。

アジア会館で働くのは今月いっぱいであること。

ともみさんから話を聞いて、またしても僕は全身で喪失感を受け止めなければならなかった。

「ボクに早く話さなければ、とそれがいつも気になってたの」

ともみさんと西さんがアジア会館を離れる直前に、久し振りに三人で高尾山を登った。天気は快晴、少し風は強かったが、その分、折々に見える景色がとても澄んでいた。前の日に散々泣いたせいか、当日には僕の気分も晴れ晴れとしていたことを思い出す。この日のお弁当も、梅干しのおにぎりとロールチキンだった。

ともみさんも西さんも、特別に強い個性を持っていたわけではないにもかかわらず、私にとっては、印象深く忘れられない出会いの一つです。自分たちのルーティンの時間を共に過ごしたり、或いは大事な時間を分けてくれたり、何か特別なことをしなくとも日常の中で「過ごす時間」を共にすることだけでも人は幸せになれることを、お二人は私に気づかせてくれました。

それからもう一つ思い出に残ったことは、お弁当を人と一緒に食べる喜びを改めて感じたこと。行楽でお弁当を食べること自体はどこにでもある普通の景色かもしれませんが、母がいないことで学校のお昼のお弁当を用意できなかった私にとって、昼休みは苦痛の時間でした。そんな私には、誰かと一緒に食べる「お弁当」は、ともみさんと出会ったことで、特別に幸せを感じるものとなりました。

僕のもう一人の兄

「今日も立ち読みか？」

レストランには、西さんともう一人、「中村さん」という若いウェイターがいた。会館近くの小さな書店の軒先でマンガの立ち読みをしていると、なぜかいつも中村さんに見つかる。数回目撃されたあと、ついに僕の部屋にやってきた。

「子供だからいいか、とは思うけど」

「でも毎日のように繰り返しては、お店の人が迷惑じゃない？」

「いつもどのくらいの時間立ち読みしてるの？」

「30分、時には1時間」

「それはダメだ！」

中村さんは、僕が特定のマンガの作品にハマっているわけではないことを確認すると、

「うちにくれれば、マンガは新しいのもあるし、古い作品もたくさんあるよ」

「来るか？」

「うん」


こうして、松戸に住む中村さんのアパートに行くことになった。中村さんの部屋は6畳の和室。狭いキッチンに小さなコンロがあった。

「学費を自分で払っているから、節約しているんだ。本当はもっと職場のアジア会館の近くにしたいのだけどね」

この時初めて中村さんがまだ学生であることを知った。レストランでは、白いワイシャツに黒のスラックスと蝶ネクタイ。子供の目にはとても大人っぽく見えた。

部屋の中にはところ狭しと、マンガが積まれている。押入れを開けて見せてくれたが、上段には布団一式。下段には段ボールに積まれたコミックがぎっしりと詰まっていた。

「いくらでも読んでいいよ」

「その代わり、もう立ち読みはやめな」

「わかった」


それからは、週末になると中村さんのアパートでマンガを読む生活が始まった。松戸は遠かったし、マンガを読み始めると止まらず1時間や2時間で切り上げることは不可能だったので、週末は夜更かしして、存分にマンガを楽しみ、時には泊めてもらうこともあった。

段ボールを探すと、なんと『あしたのジョー』があった。高森朝雄（梶原一騎）原作、ちばてつや作画の誰もが知る国民的マンガ。当時最も読みたいマンガだった。全20巻がすべてそろっていて、夢中でむさぼるように読んだ。中村さんも古いコミックを引っ張り出しては一緒に読む。「繰り返し読んでいると、今まで気がつかなかったことに気がついたり、感動するところや感動の仕方も毎回異なる」そうだ。「だから面白い」と。中村さんはマンガおたくだった。

『あしたのジョー』を制覇したあとも、変わらず松戸には通い続けた。次に読み始めたのは、横山光輝の『三国志』。全60巻の超大作だが、当時10冊ほどが既に発売され、シリーズ化されて発売を順次控えている時だったと思う。ほかにも『宇宙戦艦ヤマト』、『ブラック・ジャック』、『ドカベン』……。とにかく僕が読みたいマンガはすべてここ松戸のアパートにあった。

泊めてもらったある日、朝起きて二人で朝食を摂る。トーストに牛乳、中村さんは目玉焼きを作ってくれた。フライパン片手の中村さんにふと聞いてみる。

「ボクと遊んでいて楽しいの？」

「そんなことは気にするな」

ある時、以前立ち読みをしていた小さな書店の前を通りがかった時のこと。松戸の中村さんのアパートに入り浸るようになってからは、ここでの立ち読みはしていなかった。もちろんそれをやめさせるために、中村さんは僕に声をかけたのだ。久し振りの書店は、以前とは違った店員さんがいた。「たまにはいいか」、とつい考えてしまい、欲望に負けて、立ち読みを始めてしまった。ところが、この日も運悪く中村さんに見つかってしまう。

中村さんは、予想外にとても怒っていた。人の好意を無にしたからだろうか。約束したのに嘘をついてしまったからだろうか。会うたびに謝ったが、なかなか許してくれず、松戸のアパートには誘ってくれなくなってしまった。もちろん、中村さんの申し入れを無にしてしまったのは悪かったが、松戸のアパートにはまだ読みたいマンガがたくさんあり、それができないのが惜しかった、というのが正直な気持ちとしてあったのも事実だ。そんな気持ちを見透かすように「もう、いいから」と言ってはつれなくされた。

暫く経って、もう松戸へ行くことはあきらめかけていた時、久し振りに中村さんに声をかけられた。

「マンガ、読んでるか？」

「いや」

「久し振りにうち来るか？」

「うん！」


誘ってくれたことと、数か月振りに訪れたアパートは、以前と変わらず大量のマンガが積まれており、その変わらぬ景色を見て安心した。また元のように会話もせず、マンガを読む。夜中になって、小腹がすいたタイミングで中村さんはカップ麺を出してくれ、麺をすすりながらポツリと呟いた。

「就職が決まってね、来月勤め先の近くに引っ越すことになったよ」

「それがアジア会館から近かったらよかったのだけど、会社は栃木県なんだ」

「高速道路のサービスエリアの運営の仕事だ」

「こうなるとわかっていたら、もっと早く仲直りして、たくさん読んでもらえばよかった」

「ごめんね」

中村さんに謝られて気持ちを知った僕は、約束を破ったことよりも、「もっと読みたかったのに」と思っていた自分が恥ずかしくなった。そのあとは猛烈な寂しさが襲ってくる。そう、僕の周りの人たちはみな、仲良くなるといつだって、僕の周りから去っていく。

発売されたばかりの、横山光輝の『三国志』の新刊を僕に手渡すと、「少し遠いけど、同じ関東圏だ。俺もまたどんどん新しいマンガ仕入れるから、いつか遊びに来てくれ」と言うとアジア会館をあとにした。

大人になって、仕事上読まざるを得ない本に遭遇した時、例えばスピーチを頼まれネタ調べに本を読む時、時間の制約があっても集中して読まないといけない時などがあります。私は、このシチュエーションは意外に得意です。もしかしたら、子供の頃の「帰宅するまでの時間に精一杯読む」という、時間制限の中での集中力が今に生きているのかもしれません。中村さんをがっかりさせて以来、たちの悪い立ち読みはしなくなりました。「本気で人の心配をする」大人に触れ、ありがたいことに当時の私の生活習慣が改善されました。あの頃は気づいていませんでしたが、「何かをする時は、別の何かを我慢する」というトレードオフの関係を学んだ出会いでもありました。兄のような存在に感じていた中村さんは、今でもなお、もう一人の心の兄弟です。

レストランは僕の健康管理室

アジア会館のレストランはセルフサービスだ。厨房前に並ぶサンプルを見て選んで注文し、出来上がりを受け取ってレジに進む。大学の学食の仕組みに近いだろうか。


いつの間にか、レジ係のさとみさんが、僕の横に来て注意する。

「毎日自分の好きなものばかり食べていちゃダメ！」

この日もいつも通り、厨房前に並んで、「焼き肉定食」を注文した瞬間だった。

「今日はサーモンのグリルがおすすめなの、こっちにしていいかしら」、僕があっけにとられていると、

「今の焼肉定食、サーモンに変更！」と、半ば強引に訂正されてしまった。

「きっと美味しいし、体にも良いのよ」、サーモンを受け取りレジに行くと、さ

とみさんに笑顔で言われ、会計を済ませた。食べ終わった頃に、さとみさんは僕のテーブルに来てプレートを覗くと、
「よかった、全部食べてくれたのね」と、安堵した顔で持ち場に戻る。

この日の1週間ほど前のことだ。

さとみさんは、僕の夕食メニュー1週間分のシミュレーションを作って318号室を訪ねてきた。「今が大人になるための、丈夫な体を作る大事な時よ。ずいぶん前から気になっていたけど、レストランでお肉しか食べないでしょう。バランスよく食べないと丈夫にならないよ。私、大体1週間分のメニューを事前に知っているから、こうしたら、という組み合わせを考えてきたの。絶対これじゃないとダメとは言わないけど、少しは気にしてくれるとうれしい」と言うと、その一覧表を僕の部屋に置いていった。

さとみさんは毎日レジを打つたびに、僕が毎日ほぼ同じものばかり注文していることに気がついたのだ。

実は、父がアジア会館に僕を預けた時、二人のスタッフに僕のことを「よろしく頼む」と一声頭を下げていった人がいた。一人はフロントの女性、もう一人がさとみさんだ。どちらも、僕の生活に何かおかしなことを感じたら僕に直接に注意するか、場合によっては私に知らせてほしいと託していたそうだ。

さとみさんは、レストランの中で一目置かれていた。忙しくてウェイターたちがてんてこ舞いになったり揉めたりした時は、彼女が優先順位を提示してスムーズに流れたり、厨房とお客とで発注間違い、聞き間違いがあった時は間に入って収めたり。もともと厨房で働いていたそうで、栄養士の資格を持っていることも、あとから知った。

さとみさんは、母親を心血管疾患で亡くしている。塩分の摂りすぎで血圧が上がり、心筋梗塞を起こした理由を知って「栄養の知識があれば救えたはず」と、悔しい思いから栄養士となった、とその後教えてくれた。

さとみさんにそんな存在感があったこともあり、僕も例にもれず、半ば勢いに押されるように言うことを聞くようになった。が、1週間も経つと段々と面倒になってきて、さとみさんのおすすめメニューはそっちのけで、また少しずつ元に戻り始めたところだった。

さとみさんからの注意を受けて改めて軌道修正し、またバランスのとれた食事メニューの生活に戻る。時々、嫌いなキノコ料理が出てきて心底参ったと思うこともあったが、さとみさんの顔を見ると嫌と言えず、また何とか残さず食べる習慣もつき、1か月もたった頃には、苦手なものはほぼなくなっていた。週末になって、おすすめメニューを1週間分クリアすると、さとみさんがご褒美でおやつをくれることも、間違いなくモチベーションの一つだった。ご褒美はレストランではあまり出てこないフルーツや、ヨーグルト系のおやつが多かった。

そのうち、さとみさんとも時々会館の外で食事に行くようになる。「会館の食事だけだと限界がある」と。最初に訪れたのは、外苑東通り沿いにできた〝とろろ定食〟のお店。カウンターだけの小さなお店だったが、昼も夜も同じメニューだったこと、会館から歩いてわずか数分だったこともあり頻繁に訪れた。食物繊維たっぷりの麦ごはんは糖の吸収を緩やかにして食後の高血糖を防いでくれる。これにとろろを加えれば、さらに効果が高い。食べ終わるとさとみさんは、「栄養バッチリ！」と言って満足そうだった。

次によく行ったのは〝鮭の専門店〟。塩焼き、醤油、みそ、麹、ハラス、カマ……。魚は確か鮭だけだったが、たくさんの調理の種類があって飽きることがなかった。これまで魚を食べる習慣が殆どなかったが、魚が好きになったのはこのお店のお陰だと思う。鮭にはEPAとDHAが多く含まれていて、高血圧の予防にも効果があるそうだ。そしてこのお店はお米も美味しかった。鉄釜で炊き、お櫃に移す。茶碗に盛られたご飯はほのかに杉の香りがした。あともう一軒思い出すのは、おばんざいのお店。カウンターの上に並んだ、主に京野菜をはじめとした旬の食材を調理した手作りの料理たち。食物繊維やカルシウムがたっぷり摂れる。〝大根のたいたん〟〝ナスの揚げ浸し〟〝和え物〟……。もともと濃い味が好きではあったが、素材の美味しさを味わうことを子供ながらに知った。「ここに来ると、一番心配な野菜不足が解消される」と、さとみさんは喜び、僕は飢えていた〝家庭料理〟の雰囲気が味わえて喜んだ。

さとみさんは食事のたびに、栄養のうんちくを面白く語ってくれた。食事そのものももちろん楽しかったが、食事を終えるたびに、物知りになった気がして、大人になった気分だった。今にして思えば、アジア会館の食事を補完するように、栄養を考えたお店に連れていってくれたのだろうが、それ以上に、僕が栄養に興味を持つよう仕向けてくれたのかもしれない。

話はそれるが、まだ母が元気だった頃の、我が家の食事の〝お米〟は、やはり鉄釜で炊いてお櫃に移していた。当時は電気釜が出始めた頃。友達の家に遊びに行き電気釜があると、うらやましく、新しい電気製品がカッコよく見えた。「うちは古くてかっこ悪いな」と、正直思っていた。今にして思えばむしろ自慢のネタである。

さて、ある日の夕食後、部屋にいることが退屈で、2階のロビーでテレビを見ようと降りていくと、フロントの女性が僕を見つけ手招きをする。行くと、「よかった、探そうと思っていたところ。おいで」と連れていかれたのは、いつも、そして今日も夕食を食べた1階のレストラン。扉には〝終了〟の看板がかかっている。フロントの女性がそっとドアを開けて、「ボク、連れてきました」と、小声で周囲に伝える。

するとドア近くにいた数名のスタッフが「入れ」と手招きする。開けてもらったドアの中に入ると、中にはたくさんの人がいて、さとみさんが花束を抱えて何やら挨拶をしている。僕がレストランに入ったのを見つけて、「あっ」、と小さな声をあげると、続けて「ボク、こっちに来て」と呼ばれてしまった。

並ぶと、さとみさんは僕の肩に手をまわして挨拶を再開する。

「最後に、楽しい思い出もまた一つ作れました。ここにいるボク。偏食がひどくて心配で、思い切って、話しかけておせっかいおばさんやりました（笑）。なかなか手強かったけど、いつの間にか好き嫌いなく食べてくれています。こうしてここのレストランでたくさんの出会いがありました。楽しい職場でした。ありがとうございました!!」

一斉に拍手が沸き起こる。

さとみさんの送別会だった。僕は自分のエピソードが紹介され驚いたが、ちゃんと好き嫌いをなくして偏食を克服しておいてよかったと、胸をなでおろした。そしてさとみさんに、みんなと同様、僕も「ありがとう」と呟いて、心から感謝した。

今の私は、食べ物の好き嫌いが一切ないせいか、60過ぎてなお健康そのものです。昔からこうだったと、本人も勘違いしていましたが、こうして子供の頃を振り返ってみれば、超の付く偏食の子供でした。社会に出て40年、長い間無事に勤めてこれたのは、この時偏食を克服し、バランスの良い食事を摂る習慣がついて、病気知らずになったからかもしれません。今はB級グルメが好きであちこち食べ歩いていますが、それができるのもさとみさんのお陰かもしれないと、改めて感謝する次第です。

ボクはYシャツを洗い、お弁当を食べる

アジア会館は、良心的な値段の宿泊施設だが、それでも一応ホテルなので、部屋の清掃やベッドメイクは毎日してくれる。たいがい僕が学校に行っている間に作業は終えているので、ルームサービスのスタッフとは会う機会はまずない。

ところがある日、「爆弾仕掛けた」と、脅す電話が学校に入り、急遽休校になった日のこと。学校に到着すると、先生の指示ですぐにそのままアジア会館に

引き返して帰り、部屋で制服を脱いで着替え終えた頃、〝コンコン〟と扉をノックする音がする。ノックの音がするや否や、返事をする間もなく、ルームサービスが扉を開けて入ってきた。着替えをしていたので珍しく扉は半開きにせず閉めていたのだ。

僕がいるのを見て驚いた顔で「ごめんなさい！」と、慌てて扉を閉める。が一旦閉めたあと、再びノックをして僕が返事をすると、また扉を開けて顔を覗かせる。

「ボク、よね？」

「いつもこの時間、いないから油断した。ごめんね」

「簡単な掃除とベッドメイク、時間改めてもいいし、今やってもいいしどっちがいい？」

「邪魔じゃなければ、今どうぞ」

本当はいない方がやりやすいのだろうけど、良いおしゃべり相手を見つけた、と内心僕は喜び、すぐにやってもらうことにした。

「一人で寂しくないの？」

「いろいろな人が遊んでくれるよ。でもやっぱり寂しい時はある」

「そりゃそうよね」

互いに顔を認識してから暫くして、ロビーですれ違ったある時、
「間違い探ししようか？」、と声をかけられる。
「私が、いたずらで何か変なこと、例えばバスタオルをいつもと違うところに置くとかして、ボクが気がつくかどうか、勝負するの」
ルームサービス係のフミさんは、母と同じくらいの歳に見えたが、茶目っ気たっぷり、よく笑う人だった。何が面白いかよくわからなかったが、フミさんがあまりに楽しそうに笑うので、やってみることにした。
ベッドカバーの裏表が逆だったり、
机の上のライトの位置が左右逆だったり、
湯沸し器がクロークの中にあったり……。笑。

大半は間違い探しではなく、単なるいたずらだった。

そのほかにもベッドカバーを開けると小さな昆虫のフィギアがあって驚かされたり、はたまた、机の引き出しにミニカーが入っていてプレゼントがあったり。

すぐにわかる間違い探しを見ては、「ばかばかしい」と呟き、思わぬいたずらの時は、「びっくりさせるなよ」と呟き、おもちゃを貰った時は「ありがとう」と呟く。

フミさんとは、面と向かって話す機会こそ少なかったが、こうしていたずら、いや間違い探しを通じて、お互い、まるで文通をしているように気持ちが繋がっていった。


ある時、フミさんを見つけると、悩みの相談を持ちかけた。

「ワイシャツの洗濯の仕方教えてほしい」

「いつもクリーニングに出しているみたいだけどなんで？」

父からの仕送りはありがたかったが、見事に無駄使いができないように計算しつくされており、そういう意味で厳しかった。たまには学校帰りに友達と買い食いとかしたいし、プラモデルも買いたい。考えた末、ワイシャツのクリーニングをやめて、自分で洗えば小遣いが捻出できると考えたのだ。

フミさんはすぐに対応してくれた。洗面台の栓をして、少しだけ洗剤を入れてワイシャツを浸す。暫くしたら、襟に液体の洗剤を塗り込み、端と端を手でもって、こすり合わせる。同じことを袖口でも行う。すすいで終わり。

「一人で生きていく知恵の一つね」

「これも大人への階段の大切な一歩よ」と、教えてくれるフミさんはうれしそうだった。こうして、自分で洗ったワイシャツを着て登校するようになった。その後暫くして、またフミさんとすれ違った時、

「どう？　ワイシャツちゃんと洗えてる？」、僕の表情がさえないので

「何か洗い方、問題あった？」重ねて聞かれる。

「いや、洗い方の問題じゃなくて」

「この間、友達から、お前のワイシャツ、いつも皺だらけだね、って言われてし

まって」

「あら、大変。そこまで気がまわらなかった、ごめんね」

「そしたら、洗ったワイシャツ、かごに入れて扉の横に置いておいて」

「私がアイロンしておいてあげる。手洗い教えた責任ね、遠慮しなくていいよ」

ほかに手がないので、好意に甘えることにした。お陰さまで、この日から毎日パリッとしたワイシャツを着て学校に行けた。


それからまた暫く経って、フミさんと会った日、

「どう？　ワイシャツ！」

「ありがとう、ばっちり！」

「よかった！」

「ほかに困ったことない？」

「うーん……」

「なんかありそうね」

「お弁当」

僕が通っている中学は給食ではなくお弁当持参である。一人暮らしの僕はお弁当の用意ができない。学内には〝町のタバコ屋さん〟のような小さな売店があり、そこに質素なコッペパンが売っていて、毎日それを食べていた。みんなには楽しみな昼休みではあるが、僕にとっては正直苦痛だった。仲間に入れていないような、疎外感を覚えるのだ。一度クラスメイトの母親が僕のお弁当を作ってくれたことがあるが、この時は涙がこぼれるほどうれしかった記憶がある。

こんなことまでフミさんに相談するものではない、とは思ったが、つい悩みを打ち明けてしまった。

フミさんは、じっと僕を見つめて手を肩に置くと

「よく我慢してたね。よかったら私が作ってあげる」

「どうせ、うちの子供の作らなくちゃいけないから、ついでね」

「好き嫌いは？」

「ない！」

そう、レジ係のさとみさんに鍛えられたから、その点はもう大丈夫だ。

「それじゃそうしよう」

「一つだけ約束」

「何？」

「たいして美味しくなくても、美味しかったってほめて！」

フミさんはいつものようにいたずらっ子のように笑う。

「大丈夫！」

「決まり！」

それから、毎日フミさんのお弁当を持参して登校した。フミさんのお弁当は美味しかったし、おかずの品数も多くて楽しめた。そして何より疎外感を覚えることなく、昼を友達と過ごせるようになったことが幸せだった。


「お弁当」は、私にとって特別な思いがあります。大人になって結婚して、週末の行楽で夫婦二人で食べるお弁当。やがて子供ができて家族で食べるお弁当。お弁当を見るたびに、フミさんのお弁当を思い出します。フミさんのお陰で、人と食べるお弁当が、自分にとっての幸せの象徴となりました。

卒業旅行

アジア会館での暮らしが長くなり、気がついてみればここで働く殆どの従業員の方と知り合い、そしてそのうちの少なからずの人たちと仲良くしてもらうことができた。

1階のエントランス入って右手にあるフロント。ここには父が「頼む」と、ひと声かけた女性スタッフがいる。いつも僕のことを気にかけて見守ってくれている。

1階の左手、フロントの向いにはレストランがある。ここには、僕が毎日のようにしていた小さな書店での立ち読みをやめさせ、自分のアパートでコレクションしていた人気マンガを、思い切り読ませてくれたウェイターの中村さん。電話交換手のともみさんのボーイフレンドの西さんも、同じレストランのウェイターだ。さらにレストランにはもう一人、忘れてはならいのは、僕の偏食を直してくれたさとみさんだ。

地下に降りればボイラー室。ここにいるのは、僕のプラモデル作りの相手をしてくれ、新しい趣味となった模型の塗装を教えてくれたボイラーマンだ。

また、僕の部屋がある3階には電話交換室がある。かつて父と一緒に楽しんだ登山の話を聞いて山に誘ってくれた電話交換手のともみさん。ここでウェイターの西さんとも仲良くなった。

そして毎日僕の部屋の清掃とベッドメイクをしてくれるフミさん。彼女にはワイシャツの洗い方を教わり、アイロンがけをしてもらい、さらには昼のお弁当まで作ってもらっている。

こんなにも、働くみなさんたちと仲良くなったせいなのだろうか……。

ある日、フロントの女性がやってきて僕の週末のスケジュールを聞く。もちろん予定なんか入ってない。

「みんなで旅行行く計画があるの。ボクも行かない？」

「うん！」

もちろん行くに決まっている。

数日後フロントの女性が1泊2日の旅行の日程表を持ってきてくれた。タイトルには、〝社員旅行　A班〟と記載がある。特別に僕を誘ってくれたようだ。

「ビッグニュースがあるよ。さとみさんとか、ボイラーマンとか、もう辞めちゃったけどボクが好きな人たちもたくさん来るよ」

それは、僕にとって何よりの朗報だった。旅行は2週にかけてA班とB班に分かれており、僕をよく知るメンバーが多かったA班に僕を割り振ってくれた。

旅行の行き先を見て苦笑いした。ゴールはなんと〝高尾山〟だ。ともみさんと西さんとの思い出の場所。何度も訪れなじみのある場所。でもここにまた行けるのは、楽しかった思い出が蘇えることとなりとても楽しみである。

それから旅行までの間、ワクワクし過ぎてなかなか寝つけない日が続く。僕が参加するA班の旅行日は、永遠に来ないのではないかと思うほど待ち遠しかった。

見慣れた景色の電車に1時間ほど揺られて高尾山口駅に着く。登山前の腹ごしらえはお蕎麦だ。ともみさんたちとここ高尾山に来た時も、よくお蕎麦は食べたが、今回訪れたのは初めて訪問したお店。古い昔懐かしい佇まいのお店で蕎麦を頂く。とろろや山菜の天ぷらが美味しかった。

高尾山駅まではケーブルカーに乗る。途中休憩で、茶屋に寄って団子を頂く。店頭で焼かれていた〝ごまだんご〟は、外はパリッと中はもちもちで美味しかったし、まだ肌寒い春の時期の温かい火鉢の暖炉も気持ち良かった。夏に来た時はかき氷が美味しかったことが思い出される。確か、冷やしきゅうりもあったかな。秋の紅葉もとても綺麗だった。思い出をかみしめながら登山を楽しむ。

天狗が祀られている、今でいうパワースポットの薬王院をお参りして、男坂の108段の階段を上る。1段上る毎に一つずつ煩悩が消えていくそうだ。帰りは、もう一つのルートである緩やかな坂道になっている女坂を下る。山頂は、広葉樹の森が広がり、樹齢数百年の杉の木が残る緑豊かな山で、展望広場になっている。この日も天気良く、丹沢山系や富士山を見渡すことができた。

後日、フロントの女性に貰った〝高尾山頂599m〟と書かれた標識を囲んで、みんなと撮った写真は生涯の宝物だ。

そして今回は温泉旅館に初めての宿泊。檜風呂、岩風呂、座り湯、露天風呂、などがあり湯巡りが楽しめた。最後は庭で焚火を囲んでみんなでおしゃべり。誰もがみんなアジア会館では見せない、満面の笑顔だ。いつもしかめっつらして、僕には殆どしゃべりかけないフロントのマネージャーも、ニコニコしながら「楽しいか？」と聞いてくる。何をしゃべったか覚えてないが僕もつられてずっと笑っていた。

大好きなみんなが勢ぞろいし、笑っておしゃべりして、僕のアジア会館の生活の、まさに総括のようだった。318号室の扉を開けて知り合ったたくさんの人たち。最初は同じ会館の利用者が訪ねてきたが、やがて従業員のみなさんもやってきて、たくさんの知り合いに囲まれた村で生活しているようだった。アジア会館の場所こそは都会のど真ん中だったが、僕の周りの、「おせっかいなご近所さん」たちにお世話されながら、まるで下町生活のような育ち方をした1年間だった。一言で言うならば大人たちに見守られた1年である。最後に参加した〝社員旅行〟は、僕にとって、アジア会館での生活の〝卒業旅行〟となった。

アジア会館で暮らした1年を振り返り、目をつむれば、知り合った人々が走馬灯のように瞼に思い浮かぶ。大人への階段を一歩踏みしめて、明日からは中学2年生。帰国した父との二人暮らしが始まる。

あとがき

60年を超える私の人生の中の、ごくごく短いわずかな2年間。
しかしながら、こうして当時の思い出を文章にしてみると、なんと奇異な経験をしたのだろうと、改めて思う以上に、なんと幸せな2年間だったのか、とも思わずにいられません。出会ったたくさんの大人たちから、やさしさ、思いやり、愛情をたっぷり注いでもらった貴重な経験でした。

この時の2年間の出来事が、自身の人格形成に、さらには人生観にも大きな影響を受けたことを、大人になってようやく理解しました。時間とは、1分、1時間、1日、と誰にでもある「平等な時間」ですが、一方で、喜怒哀楽を伴う経験は、その後に何度も思い出したり、強い感情をしたためたりと、「不平等な時間」でもあります。私が経験したこの2年間はまさに「不平等な時間」の典型でした。しかしだからといって、この時のような「幸運」を当てに生きるわけにはいきません。人が懸命に生きるのは、自分ならではの「不平等な幸せの時間」を手に入れようとしているから、なのかもしれません。

現在私は、作家であった父の著作権管理の仕事の傍ら、母校の出身クラブのOB会の運営に関わったり、大学の垣根を越えた学生支援のプロジェクトに参画したり、或いは東日本大震災以降、現地の方々と交流させてもらったり、ボランティア仲間とのコミュニティに参加したり、と複数の活動をしています。基本的にはすべて全力投球、特に若い方が相手の場合はおせっかいモードが全開となります。世の中すべてトレードオフ、ということにもその後気づきました。かつて大人たちから受けた恩恵を、今になって、何とか返そうという気持ちが無意識に働いているのかもしれません。

母の知人宅での居候、母との病院生活、そして亡くなったあとの一人暮らし、

という寂しい生活がベースではありましたが、その寂しさを上回る温かい思い出が、今なお自分を支えてくれています。そして瞼を閉じれば、いつまでも若くて美しい母が蘇ります。

私に出版を勧めてくれた、幻冬舎ルネッサンスの田中大晶さん、素人の私に丁寧かつ的確にアドバイスをしてくれた、同じく幻冬舎ルネッサンスの鈴木瑞季さんに、この場をお借りして御礼申し上げます。

私の家族、そして幼い頃に父と兄を相次いで亡くした甥の秦介に、この本を捧げます。

※写真は、長男が、私がアジア会館で暮らしていた頃の歳になった時、アジア会館のレストランに食事で訪れた時のスナップ(２０１２年８月)。

〈著者紹介〉
戸嶋次介（としま じかい）

父親の影響を受け、読書好きの少年として育つ。青山学院の中等部・高等部・大学にて10年間の学生時代を過ごした。長年勤めた広告会社では、ライバル会社と立ち上げたJV設立に関わり、初代代表取締役に就任。趣味は55歳で始めたトライアスロン。学生時代学んだ少林寺拳法は、母校や大学横断の学生支援の活動に精を出す傍ら、60歳を過ぎてから学生時代以来40年振りに現役復帰、現在修行中。東北復興支援バス「アミー号」友の会会員。

318号室《ごうしつ》の扉《とびら》

2024年1月30日　第1刷発行

著　者　　戸嶋次介
発行人　　久保田貴幸

発行元　　株式会社 幻冬舎メディアコンサルティング
〒151-0051　東京都渋谷区千駄ヶ谷4-9-7
電話　03-5411-6440（編集）

発売元　　株式会社 幻冬舎
〒151-0051　東京都渋谷区千駄ヶ谷4-9-7
電話　03-5411-6222（営業）

印刷・製本　中央精版印刷株式会社
装　丁　　弓田和則

検印廃止

ISBN 978-4-344-94961-4 C0095
幻冬舎メディアコンサルティングＨＰ
https://www.gentosha-mc.com/